Nina Petrick

Charlie und die Halstuchbande

Kinderkrimi

Mit Zeichnungen von
Barbara Scholz

Deutscher Taschenbuch Verlag

bei dtv junior sind von Nina Petrick außerdem lieferbar:
Die unglaubliche Fledermaustante, dtv junior 71162
Geheimzeit, dtv junior 70876
sowie
»Ich bin du – du bist ich« in: Einfach unschlagbar!
Beste Freundinnen, dtv junior 70848

Ein großes Dankeschön
an meine Lektorin Tanja Poestges

Originalausgabe
In neuer Rechtschreibung
Juli 2007
Deutscher Taschenbuch Verlag GmbH & Co. KG,
München
www.dtvjunior.de

Umschlagkonzept: Balk & Brumshagen
Umschlagbild: Barbara Scholz
Titelschrift: Markus Spang
Gesetzt aus der Sabon 11,5/14,25'
Gesamtherstellung: Druckerei C. H. Beck, Nördlingen
Gedruckt auf säurefreiem, chlorfrei gebleichtem Papier
Printed in Germany · ISBN 978-3-423-71244-6

Inhalt

KAPITEL 1

in dem Charlie Bazille begegnet

Wer kennt das nicht? Wenn man etwas richtig satthat? Mir geht das so mit meinem Namen. Deshalb nenne ich mich Charlie. Eigentlich heiße ich Charlotte Martha Lilliane Tröndle. Tröndle ist natürlich der Nachname und mit dem kann ich gut leben. Die anderen Namen würde ich am liebsten verschenken. Wenn ich mal ein Kind habe, werde ich ihm einfach ganz viele geben und dann kann es sich später einen schönen aussuchen. Neue Namen sollen es unbedingt sein, von mir aus auch erfundene, wie zum Beispiel Avonda!

Vorhin bin ich nach der Schule durch den Park nach Hause gegangen, und da lag dieses grüne Tuch mitten auf dem Weg. Es war ja nur ein Tuch, aber mein Herz hat geklopft, als wäre ich nach einem Albtraum aufgewacht. Das lag an diesem Tuch. Genau so eins tragen nämlich Bazille und die anderen von der grünen Halstuchbande.

Zurzeit reden alle in meiner Klasse über sie und ihren Anführer, Bazille. Eigentlich heißt er Ronny Baziller. Er ist älter als ich. Zwölf, vielleicht auch schon dreizehn. Er geht auf die Realschule, die direkt neben unserer Grundschule liegt. Wir teilen uns den Schulhof. In den großen Pausen sitzt Bazille oft auf der Tischtennisplatte. Keiner kann mehr Tischtennis spielen. Was ziemlich ärgerlich ist. Ulli und ich wollten Bazille neulich schon mal fragen, ob er sich nicht woanders hinsetzen kann, aber dann hat er uns so fies angeguckt und gegrinst. Da haben wir uns nicht mehr getraut. Alle sagen, er sei jähzornig und unberechenbar. Es heißt auch, er würde jeden, der ihm ungelegen kommt, sofort schlagen. Mitten ins Gesicht. Den dünnen Ralfi hat er im Schwimmbad einmal so lange unter Wasser gehalten, dass der fast ohnmächtig war, als Bazille endlich losgelassen hat.

Ich hab das Tuch aufgehoben und auf eine Bank gelegt. Und dann sehe ich Bazille. Er spricht mit einem großen Mann. Die beiden scheinen sich zu streiten. Bazille ruft etwas, aber ich kann es nicht verstehen. Der Mann schüttelt seinen Kopf und geht. Bazille kickt eine leere Dose wütend gegen eine Bank. Ob der Mann sein Vater ist?

Nachdenklich bin ich nach Hause gegangen. Alleine.

Ich gehe sonst immer mit Anuschka zusammen. Sie liegt aber im Augenblick leider mit einer Lungenentzündung im Bett. Ich kann sie erst wieder besuchen, wenn sie nicht mehr so irre hohes Fieber hat.

Wir sind beide letzten Monat zehn Jahre alt geworden. Ulkigerweise haben wir am selben Tag Geburtstag, am 8. Mai. Wir gehen in die vierte Klasse und sitzen in der zweiten Reihe. Ich direkt am Fenster und sie rechts neben mir. Anuschka ist blond, viel kleiner als ich, aber genauso dünn. Dabei essen wir beide sehr gerne. Anuschka ist ziemlich schlau, aber keine Streberin. Malen kann sie nicht so gut wie ich, dafür aber besser singen. So gut, dass die Eule, wenn sie Anuschka singen hört, sogar Tränen in die Augen bekommt. Die Eule ist unsere Musiklehrerin und, wie sie selber sagt, von uns ansonsten nicht besonders verwöhnt.

Ohne Anuschka ist es wirklich öde.

Überhaupt ist das ein bescheuerter Sommer. Trübe wie im Herbst und viel zu frisch fürs Freibad. Es sei denn, man steht auf Gänsehaut und eiskaltes Badewasser.

Und dann noch Tante Lilli – Mamas Schwester. *Tante* Lilli nenne ich sie nur heimlich und im Spaß. In unserer Familie sagt kein Mensch zu einer Tante *Tante*.

Auf jeden Fall hat Lilli in den letzten Monaten fast jeden Tag bei uns herumgehangen und über Liebe gesprochen und dass sie im Alter nicht alleine sein will. Aber jetzt hat sie einen gefunden, einen Mann. Durch eine Kontaktanzeige! Frank heißt er. Lilli ist total verliebt.

Und ich platze vor Neugier. Wir haben ihn nämlich noch nicht kennengelernt. Der Haken an der Sache ist, dass er gleich für ein paar Wochen ins Ausland musste. Beruflich. Heute oder morgen wird er aber wieder hier sein. Lilli sagt, er handelt mit alten Möbeln. Antiquitätenhändler mit eigenem Laden. Klingt jetzt nicht so doll, aber sie ist ganz verrückt nach ihm. Jeden Tag, wenn sie bei uns aufkreuzt, spricht sie von ihm. Sie seufzt und lacht und lächelt. Und sagt immer wieder, wie toll er sei, wie gut er aussähe und dass er so super einfühlsam sei und zuhören könne wie sonst kein Mann. Ich bin ja echt mal gespannt. Hoffentlich lerne ich ihn auch bald kennen.

Ich mag Lilli wirklich, aber täglich muss ich sie nicht um mich haben!

Kein Mensch würde mir glauben, dass Mama und Lilli Schwestern sind, weil sie so verschieden sind und total unterschiedlich aussehen. Papa behauptet, sie hätten die gleiche Nase. Das ist aber auch das Einzige. Mama hat wie ich dunkelbraune schulterlange Haare, während Lilli sich beim Frisör die Haare blond färben lässt.

Wie so oft ist Lilli auch heute bei uns vorbeigekommen. »Ich war gerade in der Nähe«, sagt sie dann immer, als wäre sie zufällig in unsere Straße geraten. Bestimmt bleibt sie wieder bis zum Abendbrot.

Mama hatte vergessen Milch einzukaufen und ich bin sofort wieder losgegangen. Aber nur zu dem kleinen Laden an der Ecke, der ist zwar teurer als der Supermarkt, aber dafür näher.

Wenn ich draußen bin, schaue ich immer, ob ich etwas finde. Neulich habe ich sogar eine Brieftasche gefunden und zehn Euro Finderlohn bekommen. Aber diesmal lag nichts Brauchbares herum, nur Bierdeckel, Zigarettenkippen und alte Kaugummis. Weil ich die ganze Zeit auf den Bürgersteig geguckt habe, ist er mir gar nicht aufgefallen.

Bazille.

Er steht also vor mir und sagt: »Hi.« Einfach »hi«, so als würden wir uns gut kennen.

Ich spüre, wie meine Hände feucht werden, und bestimmt glühen meine Wangen. Ich nicke ihm zu und will schnell an ihm vorbei in den kleinen Laden. Da lächelt Bazille und sagt: »He, he, warum denn diese Eile? Weißt du, ich müsste dringend mal etwas in meinen Bauch bekommen. Ich hab echt Hunger. Hast du vielleicht ein paar Euro für mich?«

»Ich hab nur Geld für Milch dabei«, sage ich. Das stimmt wirklich.

»Schade, wirklich schade«, sagt er, dann lässt er mich vorbeigehen.

Ich setze einen Fuß vor den anderen und habe dabei ein Gefühl, als wäre hinter meinem Rücken ein gefährliches Tier, das mich lauernd beobachtet. Bazille hat etwas im Blick, etwas, das ich nur schwer beschreiben kann. Vielleicht liegt es an seinen extrem hellen Augen.

Helle, kalte Augen.

Ich bin froh, als ich im Laden bin. Hier herrscht richtiges Gedränge. Warum müssen die älteren Leute eigentlich immer um diese Uhrzeit einkaufen gehen? Die haben doch den ganzen Tag Zeit dafür. Endlich kann ich mir die Milchtüte schnappen und zur Kasse gehen.

Da erst sehe ich Bazille wieder. Er steht vor dem Süßigkeitenregal und stopft sich jede Menge Schokoriegel, Gummibärchen und Kekse in seine großen Jackentaschen.

Niemand beachtet ihn – außer mir. Es geht alles

fürchterlich schnell. Ehe ich irgendetwas tun kann, ist er auch schon an der Kasse. Bazille hat das Gedränge und Geschiebe der anderen genutzt und sich geschickt an allen vorbeigeschlängelt. Er legt bloß ein Päckchen Kaugummis auf das Band, zahlt und schon ist er draußen.

Wir sind in so einem altmodischen Geschäft, in dem es keine Warensicherung gibt. Anscheinend laufen hier auch keine Kameras. Mir ist ganz heiß, als hätte ich die Süßigkeiten geklaut. Aber ich habe ja auch nichts getan, um es zu verhindern.

Ich kann Bazille durch das Schaufenster sehen. Er nimmt sein Rad, das an einem Baum lehnt, schwingt sich auf den Sattel und fährt davon.

Nie, nie werde ich diesen Tag vergessen. Diesen Tag, an dem alles angefangen hat, obwohl es zuerst gar nicht danach aussah.

Kapitel 2

in dem eine Neue in die Klasse kommt

Am Donnerstag haben wir in der dritten Stunde Sachkunde bei der Kraft. Durchs Fenster kann ich Bazille beobachten, der auf dem leeren Schulhof mit seinem Rad herumkurvt. Dabei reißt er das Vorderrad hoch, fährt nur auf dem hinteren Reifen und macht eine Show, als wäre er in irgendeiner Arena. Ob er jetzt wirklich Freistunde hat – oder schwänzt er?

Wahrscheinlich bin ich die Einzige, die ihm jetzt zusieht. Genau wie am Freitag letzte Woche in dem kleinen Laden, als er geklaut hat.

Und ich muss an Mama denken. Mama arbeitet

in einer Boutique, die *Himmelblau und Babyrosa* heißt. Sie verkaufen dort nur Klamotten für Kinder. Sauteure Sachen sind das. Mama sagt, dass man woanders für dasselbe Geld dreimal so viel bekommen würde. Ich finde so teure Sachen blöd! Ich glaube, dass es den meisten kleinen Kindern piepegal ist, auf was für ein Shirt sie ihre Tomatensoße oder ihr Eis kleckern.

Zum Glück können wir uns die Kleidchen aus der Boutique nicht leisten. Ich steh nämlich nicht so auf Rüschenblüschen und Lackschuhe. Auf jeden Fall arbeitet Mama dort. Als neulich in ihrer Schicht etwas geklaut wurde, hat ihre Chefin, die wir Moderatte getauft haben, deshalb weniger Gehalt gezahlt! Der Diebstahl sei angeblich Mamas Schuld gewesen, weil sie nicht richtig aufgepasst habe.

Mama hat geschäumt vor Wut. Papa sagte, dass ihre Chefin so etwas wie Gehalt kürzen gar nicht tun dürfe. Aber Mama meinte, bei der Arbeitslosigkeit heutzutage müsste ihre Chefin doch bloß einmal über den Ku'damm gehen und hätte gleich wieder eine neue Angestellte. Ob die Verkäuferin aus dem kleinen Laden Bazilles Süßigkeiten auch selber bezahlen muss?

»Charlotte, was sagst du dazu?«, fragt mich in diesem Augenblick die Kraft. Ich habe keinen blassen Schimmer, was sie von mir wissen möchte.

Ich scharre verlegen mit den Füßen und gucke sehnsüchtig auf Anuschkas leeren Stuhl. So ein Pech aber auch, dass sie immer noch krank ist. Sie ist die beste Vorsagerin aller Zeiten, aber was nützt mir das, wenn sie nicht hier ist.

Jetzt kann nur ein kleines Wunder helfen. Feueralarmprobe wäre zum Beispiel nicht schlecht. Frau Kraft findet es nämlich überhaupt nicht witzig, wenn man in ihren Stunden nicht aufpasst. Sie setzt ihre Brille ab – das macht sie immer, wenn sie sauer ist –, stemmt die Hände in die Hüften und tritt an meinen Tisch. Sie steht so dicht vor mir, dass ich sie riechen kann. Derselbe süße, pudrige Duft wie bei Lilli. Dann tippt sie mit ihrem rosa lackierten Fingernagel auf den Tisch und fragt streng: »Charlotte, wo bist du bloß mit deinen Gedanken? Das Schuljahr ist zwar bald vorbei, aber ich merke mir genau, wer mitarbeitet und wer sich bloß aus dem Fenster träumt!«

Was soll ich ihr jetzt darauf antworten?

Wenn man nicht damit rechnet, dass etwas geschieht, geschieht es – behauptet Lilli gerne. Und diesmal hat sie recht. Es geschieht nämlich tatsächlich ein kleines Wunder: Wir werden unterbrochen, weil es an unsere Klassenzimmertür klopft.

Die Tür fliegt auf und der Obeda, unser Direktor, betritt mit einem dunkelhaarigen Mädchen den Raum. Torsten, der vor mir sitzt, flüstert: »Rettung! Aber in letzter Minute!«

Glück gehabt. Frau Kraft ist so abgelenkt vom Auftritt des Direktors, dass sie mich komplett vergisst.

Das Mädchen sieht echt sympathisch aus mit ihren dunklen Zöpfen.

Obeda sagt überschwänglich: »Das ist eure neue Mitschülerin, Hanna. Sie hat lange in den USA gelebt und ist froh, wieder in ihrer alten Heimat zu sein.« Während der Obeda weiterspricht, grinst uns die Neue an. Dabei sieht man zwei spitze Eckzähne und Grübchen rechts und links in der Wange. Sie wirkt überhaupt nicht schüchtern. Obwohl sie uns doch alle gar nicht kennt, scheint ihr die Situation nicht weiter unangenehm zu sein. Ich bin zwar auch nicht schüchtern, aber ich würde nicht gerne in eine andere Stadt oder sogar in ein anderes Land ziehen und dort zur Schule gehen müssen. Ganz und gar nicht.

Hannas Haut ist milchig weiß und ihre Haare sind dunkel – wie Zartbitterschokolade – und lockig, das kann man sehen, obwohl sie zu zwei straffen Zöpfen geflochten sind, weil sie sich an der Stirn kräuseln. Ich habe ja leider schnurgerade Haare, aber fast dieselbe Farbe wie Hanna.

Nachdem der Obeda sich verabschiedet hat,

schiebt sich die Kraft ihre Brille wieder auf die Nase. Sie schüttelt Hanna beide Hände – was komisch aussieht – und sagt: »Herzlich willkommen zu Hause, mein Kind!«

Das klingt ja fast, als würde Hanna in unserer Schule wohnen!

Die Kraft überlegt kurz und entscheidet dann, dass Hanna sich neben Torsten setzen soll. Der grinst ganz erfreut. Sein Sitznachbar, der Stefan, liegt nämlich mit einem gebrochenen Bein im Krankenhaus. Ganz schön ungerecht, schließlich ist mein rechter Platz auch leer.

Auf Hannas Rucksack pappt ein riesiger Aufkleber, auf dem steht: »I love NY«.

Oh, jetzt sieht die Kraft schon wieder zu mir her.

Zum Glück klingelt es in dem Moment. Ansonsten wäre der Kraft bestimmt aufgefallen, dass ich immer noch nicht bei der Sache bin. Erst neulich hat sie zu mir gesagt, meine Gedanken würden oft in alle Richtungen schwirren wie eine Schar aufgescheuchter Mäuse.

Leider hat es nicht nur zur Pause geklingelt, sondern auch zum Feueralarm. Es klingelt immer noch. Okay, okay, vorhin hab ich mir Feueralarm gewünscht. Aber das war vorhin, nicht jetzt!

Na dann adieu, große Pause.

Alle Schüler müssen sich auf dem Hof sammeln. Wir sollen zügig durchs Treppenhaus gehen und nicht rennen. Aus den Klassenzimmern quellen Scharen von Kindern.

Streng nach Klassen sortiert stellen wir uns auf dem Hof auf. Die Realschüler haben ihre normale große Pause. Spielen Fußball, rennen hinter dem Ball her, stehen zusammen, essen, quatschen und lachen.

Bazille sitzt ganz in unserer Nähe mit zwei Mädchen auf einer Tischtennisplatte und raucht. Obwohl das in der siebten Klasse natürlich noch verboten ist.

Er beobachtet feixend, wie die Kraft alle Schüler unserer Klasse zählt. Es wirkt bestimmt, als wären wir wieder im Kindergarten. Beim Zählen fällt der Kraft auf, dass zwei Schüler fehlen. Sie sagt wütend (und hält schon wieder ihre Brille in der Hand), dass diejenigen, die nicht anwesend seien, sich im Ernstfall in große Gefahr begeben hätten. »Sie hätten Opfer der Flammen werden können!«

Olli ruft: »Das war doch bloß eine Übung!«

»Das kann man aber nie wissen, meine Herrschaften!«, sagt die Kraft und schaut uns der Reihe nach aufmerksam an (mit der Brille auf der Nase).

Dann bemerkt sie plötzlich den grinsenden Bazille und faucht: »Und du, mein Junge, nimmst auf der Stelle den albernen Glimmstängel aus dem Mund! Wir sind hier nicht in der Kneipe, sondern auf dem Schulhof. Und du siehst nicht so aus, als würdest du schon eine höhere Klasse besuchen.« Rauchen ist nämlich erst ab der zehnten Klasse erlaubt.

Was wird er jetzt tun?

Bazille grinst: »Okay, reg dich ab, Süße. Du bist zwar nicht meine Lehrerin, aber Blondinen konnte ich noch nie widerstehen.« Er drückt die Zigarette langsam, sehr langsam auf der Tischtennisplatte aus. Wir schauen ihm alle dabei fasziniert zu, als würde er gerade ein weißes Kaninchen aus seinem Ärmel zaubern.

Nur Hanna, die Neue, nicht.

»Was ist das denn für ein Angeber?«, fragt sie.

Ich erkläre ihr, dass Bazille in die Realschule nebenan geht.

Und Torsten sagt: »Er ist ein Anführer ... Der Anführer der Halstuchbande!«

Und so ehrfürchtig, wie Torsten das sagt, klingt es, als sei das etwas Tolles.

Kapitel 3

in dem Tante Lilli hereingelegt wird

Liebe auf den ersten Blick, das soll es ja geben. Ob es auch Freundschaft auf den ersten Blick gibt? Hanna und ich reden miteinander, als würden wir uns schon immer kennen.

Nach der Schule gehen wir zusammen nach Hause. Wir haben festgestellt, dass sie bei mir um die Ecke wohnt.

Hanna hat schon überall gelebt! Na ja, überall vielleicht nicht, aber immerhin in Japan, England, Australien und den USA. Ihr Vater ist Professor und arbeitet immer nur zwei Jahre am selben Ort.

Das wäre bestimmt auch was für Papa. Aber

leider ist Papa ja kein Professor, sondern Makler. Das bedeutet, dass er Wohnungen vermietet. Zurzeit hat er es schwer, sagt Papa, weil es nicht genügend Menschen gibt, die von seiner Firma Wohnungen mieten wollen. Und Papa verdient kaum etwas, wenn er keine Wohnung »an den Mann« bringt.

Hanna sagt, in New York wäre alles schneller, größer und teurer als hier. Die Leute würden hastiger sprechen, rascher essen, ja sogar schneller gehen als wir. In New York hat Hanna in den letzten zwei Jahren gelebt.

»In New York gibt es zehnmal so hohe Häuser wie in Berlin«, erzählt sie. Jetzt weiß ich auch, was ihr Aufkleber *I love NY* bedeutet: NY ist die Abkürzung für New York; also heißt es: Ich liebe New York.

Da will ich auch mal hin. Schade, dass Papa jeden Sommer unbedingt das *Reizklima der Nordsee* haben muss. Mama und ich brauchen diesen ständigen Wind nicht so unbedingt.

Aber dieses Jahr werde ich wahrscheinlich nicht einmal in diesen windigen Genuss kommen. Mama sagt, dass wir im Sommer vielleicht gar nicht in den Urlaub fahren können, weil Papas Auftragslage »so mies wie noch nie« ist und die Moderatte in den Süden fährt und Mama im *Himmelblau und Babyrosa* dann die Stellung halten muss.

Ich werde fast ein bisschen neidisch, als Hanna von ihren Eltern erzählt. »Mein Papa arbeitet an der Uni und meine Mama ist Lehrerin. Die beiden machen das wirklich gerne. Das finde ich toll.«

Ich finde das auch toll! Warum haben sich meine Eltern eigentlich keine Berufe ausgesucht, die ihnen Spaß machen?

»Das Einzige«, sagt Hanna, »was mich total stört, ist, dass wir immer nur so kurz an einem Ort leben und die Menschen, die ich mag, über die ganze Welt verstreut sind.«

Ich glaube Hanna, dass ihr die Freunde fehlen, aber ich denke auch, dass es Schlimmeres gibt, als Freunde auf der ganzen Welt zu haben. Auf der ganzen Welt ...

Leider können wir dann nicht mehr weiterreden. Neben uns hält ein silbernes Auto, in dem eine blonde Frau mit dickem Zopf am Steuer sitzt: Hannas Mutter. Hanna muss einsteigen, sie soll bei Besorgungen helfen. Hannas Mama beugt sich aus dem heruntergekurbelten Fenster, lächelt und sagt: »Charlie, schön dich kennenzulernen. Wenn sich unsere Kartonlandschaft zu Hause etwas gelichtet hat, kannst du uns gerne besuchen. Das Waffeleisen habe ich ja zum Glück schon ausgepackt. Isst du gerne Waffeln? Hanna stirbt dafür – und Timmi auch.«

Dann gibt sie Gas und fährt los, zum Abschied hupt sie noch zweimal. Jetzt sehe ich erst den kleinen Jungen auf der Rückbank. Das muss Timmi sein, Hannas Bruder. Mit seinen weizenblonden Locken sieht er wie ein niedlicher Engel aus. Nur dass er mir seine Zunge herausstreckt, passt vielleicht nicht so ganz zu einem Engel.

Wie unterschiedlich Hannas und meine Eltern sind. Nach einem Umzug in eine andere Stadt hätte Mama niemals so gut gelaunt im Auto gesessen. Mama ist vor jeder Reise tagelang hektisch. Sie rennt mit Listen durch die Wohnung und hat Angst, dass sie etwas einzupacken vergisst.

Als ich an unserem Haus angelangt bin, muss ich erst mal meinen Schlüssel suchen. Ich mag ihn nicht um den Hals tragen, obwohl das bei uns in der Schule sehr angesagt ist. Selbst einige Lehrer machen das. Ich fühle mich mit so einem Band irgendwie wie ein Hund an der Leine.

Ich krame also gerade in meinem Rucksack herum, suche und suche und gucke dabei abwechselnd die noblen Flachbildschirme vom exklusiven Elektro-Schiller an und das Schaufenster vom alten Krull. Beim Krull gibt es nicht nur Zeitungen, sondern auch Kitsch-Bücher, Kaffee, Eis und andere Süßigkeiten.

Als ich endlich den Schlüssel gefunden habe – er hat natürlich ganz unten im Rucksack gelegen –, tritt ein pummeliges Mädchen mit dicken Haaren aus Krulls Laden. Während sie direkt auf mich zukommt, muss ich immer auf das grüne Halstuch gucken, das sie sich um den Hals geschlungen hat.

»He«, sagt sie. »Ich kenne dich doch vom Schulhof … Gut, dich zu sehen.«

»Hallo«, sage ich und klinge ganz bestimmt nicht so begeistert wie sie. Ich kenne sie auch vom Schulhof. Ich weiß, dass sie auf der Realschule ist und in Bazilles Klasse geht. Alle nennen sie Yvo, wahrscheinlich heißt sie Yvonne.

Was will sie von mir?

Yvo kratzt sich mit einem ihrer pink lackierten Fingernägel am Hals und sagt: »Kannst du mir zwei Euro leihen, das wäre super.«

Sie steht dicht vor mir. So nah, dass ich die feinen Poren in ihrem Gesicht sehen kann und ihren süßen Kaugummiatem rieche. Am liebsten würde ich einen Schritt zurücktreten. Stattdessen bleibe ich wie angewachsen stehen.

Ich hab das Gefühl, sie wird mich nur vorbeilassen, wenn ich ihr das Geld gebe. Obwohl sie nichts weiter sagt. Aber so, wie sie dasteht, nicht zur Seite tritt und mich anglotzt, fühle ich mich gefangen.

Ich weiß gar nicht, ob ich meine Geldbörse überhaupt eingesteckt habe. Und warum soll ich ihr eigentlich Geld leihen? So üppig ist mein Taschengeld schließlich nicht. Im Gegenteil, es reicht eigentlich nie für eine Woche.

Wieder kratzt sie sich mit ihrem blöden Fingernagel am Hals und guckt mich erwartungsvoll an. So ein Mist. Ich glaube nicht, dass sie mir das Geld jemals wiedergeben wird.

»Charlie, hallo!«, ruft Lilli in dem Moment und wirft die Tür ihres Minis zu. In ihrem engen Rock kann sie nur tippeln. Als sie bei uns angelangt ist, sagt sie ihren üblichen Spruch: »Ich war gerade in der Nähe und dachte, schauste doch mal vorbei.«

Ich habe mich noch nie im Leben so gefreut, Lilli zu sehen, und strahle sie an.

Yvo guckt von Lilli zu mir und sagt: »Tja, zu dumm, dass du das Geld nicht dabeihast. Wäre aber echt nett, wenn du morgen dran denkst. Okay?«

Die tut ja glatt so, als hätte ich bei ihr Schulden!

Ehe ich etwas sagen kann, um das richtigzustellen, kramt Lilli schon in ihrer Handtasche herum und nimmt ihre Geldbörse heraus. »Wie viel ist es denn?«, fragt sie.

Ich komme gar nicht dazu, etwas zu sagen. Alles geht viel zu schnell.

Lilli klappt die Börse auf.

»Ach, bloß fünf Euro«, behauptet Yvo und

grinst mich an. So als wolle sie mir sagen, *na, was ist, sag doch, dass es nicht stimmt*.

»Ich schulde dir …«, sage ich, will erklären, dass ich ihr überhaupt nichts schulde. Aber Lilli sagt: »Ach, lass doch.«

Yvos kleine listige Augen blicken Lilli auf die Hände. Lilli nimmt den Geldschein zwischen ihre Finger. Ehe ich es verhindern kann, hat sich Yvo das Geld geschnappt und in ihre Jeansjackentasche gesteckt. »Danke«, ruft sie noch, schwingt sich auf ihr Rad und fährt los.

»Das hättest du wirklich nicht tun müssen, vor allen Dingen, weil …«, sage ich und werde wieder von Lilli unterbrochen.

»Ja, ich weiß, du willst nicht, dass ich dir Geld schenke, aber wofür hat man schließlich Familie. Außerdem kannst du es mir ja wiedergeben, wenn du magst. Musst du aber nicht.« Lilli steht an der Haustür und lächelt.

Während ich Lilli und ihrer Zitronenduftwolke ins Treppenhaus folge und die Stufen hochstapfe, überlege ich, was da eben eigentlich geschehen ist: Yvo hat es geschafft, Lilli fünf Euro zu mausen! Und ich stand direkt daneben!

»Sie ist wie ihr Vater«, sagt Mama in dem Moment. Mama hat heute nur halbtags gearbeitet. Lilli und sie stehen in der offenen Wohnungstür und betrachten mich amüsiert.

Ich nehme mir vor, die Sache mit Yvo erst einmal für mich zu behalten und küsse Mama zur Begrüßung. Ich muss Lilli das Geld zurückgeben – unbedingt. Schulden haben, sagt Mama, ist der erste Schritt zum Untergang.

Wir essen dann zusammen Mittag. Es gibt Quark mit Pellkartoffeln. Und Lilli ist so nett und pellt alle heißen Kartoffeln für Mama und mich. »Kinder, ihr könnt es euch nicht vorstellen, wie gut ich mich fühle ...«, sagt sie versonnen. Und Mama und ich sitzen da, als wären wir wirklich beide Lillis Kinder und hörten zu, was die liebe Mama zu erzählen hat. Sie ist viel zu verliebt, um etwas zu essen, und hört gar nicht auf zu reden.

Gestern Abend hat sie nämlich endlich ihren Frank wiedergetroffen, nachdem er geschäftlich für drei Wochen auf Reisen war. Lilli sagt: »Schön, jetzt muss ich meine Sehnsucht nach ihm nicht länger nur am Telefon beim Klang seiner Stimme stillen.« Sie kichert. »Es ist verrückt. Wir reden miteinander, als würden wir uns schon ewig und drei Tage kennen. Er ist eben genau mein Typ, groß und nicht zu dick. Dicke große Männer schwitzen doch so schnell und neigen oft zu Kurzatmigkeit ...« Lilli seufzt versonnen und erzählt weiter. »Wir haben in vielen Dingen genau denselben Geschmack, es ist unglaublich!« Sie schüttelt den Kopf und lächelt.

Lilli steht auf diese alten Schmachtfilme und heult sich jedes Mal die Augen kaninchenrot, wenn sich die Liebenden im Film kriegen. Sie heult übrigens genauso viel, wenn sie sich nicht kriegen. Vielleicht weint sie einfach gerne.

»Stellt euch vor!«, ruft Lilli und legt Mama die letzte gepellte Kartoffel auf den Teller. »Frank muss auch bei *Love Story* weinen!«

Und nun schaut auch Mama ganz begeistert und ruft: »Nein, das glaub ich nicht, das finde ich aber schön!«

Ich verstehe gar nix. Warum ist es denn schön, dass dieser Frank weinen muss? Was für ein Film soll das überhaupt sein? Vermutlich der letzte Kitsch! Wahrscheinlich lief der vor fünfzig Jahren und Mama und Lilli haben gemeinsam dazu in die Taschentücher geschluchzt.

Mama hat es da natürlich schwer. Papa hat nicht so viel Verständnis für alte Filme. Papa liebt Tierfilme und Kochsendungen. Da kann er ins Schwärmen kommen. Überhaupt würde er am liebsten sein Geld mit Kochen verdienen.

Mama und ich essen. Lilli legt ihr Handy auf den Tisch und starrt es sehnsüchtig an. Ich nutze Lillis Redepause und erzähle von Hanna und ihrer Familie. »Letzte Woche haben sie noch in New York gelebt und jetzt ist sie hier ...«, kann ich gerade noch sagen, da zwitschert Lilli schon dazwischen. »New York!«, ruft sie. Ihre Stimme ist so laut, als stünde sie auf einer Bühne und säße nicht bei uns in der Küche.

Mama zuckt zusammen. »New York!«, ruft Lilli noch einmal. »Da möchte ich auch wieder mal hin. Ich weiß noch genau, wie es war, als ich das erste Mal dort war …« Und schon hat sie das Gespräch wieder an sich gerissen.

Ich schwöre, ich werde meine Kinder und Nichten und Neffen später niemals unterbrechen. Ich werde nicht nur interessiert zuhören, sondern auch noch Fragen stellen. Ganz bestimmt! Ich schwöre!

Lillis Handy klingelt. Mama und ich werden Zeuge, wie Lillis Gesicht erst bleich wie unser Quark wird, um sich dann rosa wie Mortadella zu verfärben.

»Ja«, haucht Lilli in den Hörer, den sie vorsichtig zwischen zwei Fingern hält, als wäre er eine hochexplosive Silvesterrakete. »Ja, das finde ich ganz zauberhaft … Wunderbar … Ich mich auch …« Sie beendet das Gespräch und schaut Mama und mich dann mit glänzenden Augen an.

»Er muss noch arbeiten, aber heute Abend sehen wir uns …«, sagt Lilli und pikt mit dem Messer in den Kartoffelschalen herum.

Möbel abstauben, zusammenschrauben oder was man sonst in einem Trödelladen so macht. Warum leistet sie ihm dabei eigentlich keine Gesellschaft, wo sie doch sowieso nur halbtags arbeitet? Dann würde sie mal zur Abwechslung nicht immer bei uns herumhocken.

»Apropos arbeiten«, hakt Mama ein. »Ich mache mir im Augenblick wirklich Sorgen um Rolf.«

Rolf ist mein Papa. Mama sagt, dass er in letzter Zeit bei seiner Arbeit viel Ärger hat, weil es ihm nicht gelingt, drei Büroetagen am Ku'damm zu vermieten. Sein Chef soll zu ihm gesagt haben, die würden sich doch von ganz allein vermieten. Papa solle sich mehr Mühe geben. Mama und Lilli haben sich ziemlich über Papas Chef und auch über Mamas Chefin aufgeregt.

Ich habe beim Tischabräumen geholfen und bin dann lieber in mein Zimmer gegangen. Dort habe ich Handstand geübt. Anuschka kann das schon perfekt. Ehrlich gesagt kann ich es nur, wenn jemand dabei meine Füße festhält. In meinem Zimmer ist natürlich niemand, der meine Füße halten kann. Deshalb hab ich mich ganz dicht an die Wand gestellt und mich dann mit den Zehen an der Wand abgestützt, so geht das nämlich auch. Wenn ich jeden Tag übe, kann ich es vielleicht bis zur nächsten Sportstunde ohne Hilfe. Das wäre schön.

Als ich später bei Anuschka anrufe, habe ich Pech. Ihre Mama ist dran, Anuschka schläft. Sie hat immer noch Fieber. Es geht ihr wohl schon besser, aber richtig gesund ist sie noch nicht. Die Arme. Und da sagen die Ärzte, Krankheiten bekäme man heute viel schneller in den Griff als früher. Das scheint bei Anuschka nicht zu stimmen.

Ich hätte so gerne mit ihr gesprochen, auch über die Sache mit Yvo. Vielleicht erzähle ich es morgen früh Mama. Vielleicht weiß sie, was ich tun soll. Ja, das ist eine gute Idee.

Endlich kann auch ich schlafen.

KAPITEL 4

in dem bei Charlie zu Hause gestritten wird und Bazille wieder auffällt

So einen grässlichen Morgen gibt es bestimmt nicht noch einmal!

Mit meinen Eltern kann man kein vernünftiges Wort mehr reden! Kein einziges! Ich werde jetzt zur Schule gehen, auch wenn es noch nicht einmal halb acht ist und ich eigentlich frühestens in einer Viertelstunde losmüsste. Aber ich halte das hier einfach keine Sekunde länger mehr aus!

Als ich die Tür hinter mir schließe, kann ich Mama und Papa immer noch miteinander streiten hören. Schallt bestimmt durchs ganze Haus. Bei ihrem Streit geht es darum, wer von beiden es eigentlich schwerer hat: er oder sie. Das muss man sich mal vorstellen!

Papa hat gestern keine einzige Wohnung und auch kein Büro vermietet. Im Gegenteil, ein Paar hat den Mietvertrag wieder gekündigt, weil sie Wasser in der Wohnung haben. Der Mieter in der Wohnung über ihnen hatte eine kaputte Waschmaschine und die Wohnung darunter ist nun nass – oder so ähnlich. Ganz genau hab ich das nicht verstanden. Auf jeden Fall, sagt Papas Chef, es sei alles Papas Schuld. Aber was kann Papa denn dafür, wenn die Waschmaschine von jemandem, den er nicht mal kennt, kaputt ist? Nichts!

Aber auch Mama hat Ärger mit der Moderatte. Mama hatte heute Morgen Zahnschmerzen und wollte zur Zahnärztin gehen. Als sie die Moderatte angerufen hat, hat die behauptet, Mama wolle sich nur vor der Arbeit drücken. Man sei angeblich nur krank, wenn man auch krank sein wolle. Einen guten Rat hatte die Moderatte noch: Mama müsse sich eine Nelke an den Zahn legen, dann werde der Schmerz nachlassen. Als Papa das hörte, sagte er, die Moderatte solle sich doch selber ein Büschel Nelken auf ihre Giftzähne legen. Außerdem hat er Mama wieder einmal geraten, in diesem »Saftladen« zu kündigen. Und Mama hat mit eisiger Stimme gesagt: »Rolf, nichts lieber als das. Aber wovon bezahlen wir dann zum Beispiel das Auto?« Sie ist immer lauter geworden und hat nicht einmal gemerkt, dass ich zur Tür ging. Papa sagte: »Gut, dann schaffen wir das Auto eben ab!«

Ich finde das schrecklich. Also, nicht das mit dem Auto, das können wir von mir aus gerne verkaufen. Hauptsache, die beiden vertragen sich wieder! So hab ich Mama und Papa noch nie erlebt.

Weil sie sich so gestritten haben, hab ich ihnen wieder nichts von Yvo oder Bazille erzählen können.

Immerhin scheint heute die Sonne, aber es ist immer noch zu kalt, um ins Schwimmbad zu gehen. Auch der Sommer ist gegen mich. An der Ampel beobachte ich zwei ältere Männer, die nebeneinander gemütlich Rad fahren, sich dabei unterhalten und lachen. Da kann man ja richtig neidisch werden. Die können mir gerne was von ihrer guten Laune abgeben

»Charlie, hallo.« Hanna tippt von hinten an meine Schulter und lacht. »Träumst du noch?«

»Ganz im Gegenteil!« Ich erzähle ihr von meinem missratenen Morgen. Hanna versucht mich zu trösten. Sie sagt: »Eltern streiten sich eben manchmal. Aber solange sie streiten, reden sie immerhin noch miteinander.«

Okay, da mag sie recht haben ... Trotzdem, irgendwie ist das für mich nur ein schwacher Trost.

In dem Moment höre ich eine schrille Hupe direkt neben mir. Erschrocken springe ich zur Seite und werfe dabei Hanna beinah um. Es ist Bazille, der auf seinem Rad anscheinend eine Mopedhupe befestigt hat. Er fährt über den Bürgersteig und winkt mir grinsend zu.

»Wie kann man nur so schreckhaft sein?«, ruft er im Vorbeifahren und hupt noch einmal.

»Dieser Idiot!«, sage ich sauer. Mein Herz hämmert und meine Wangen fühlen sich heiß an.

»War das nicht dieser Angeber vom Schulhof?«, fragt Hanna.

»Ja, allerdings.« Und dann erzähle ich ihr auf den letzten Metern bis zur Schule, wie ich Bazille beim Klauen beobachtet habe und wie Yvo mich gestern ausgetrickst und Lilli quasi das Geld aus der Tasche gezogen hat.

Hanna schüttelt den Kopf und sagt: »Das ist echt ganz schön dreist! Mit so etwas rechnet man ja nicht.«

Sag ich doch!

Als wir gerade über den Schulhof gehen, sitzt Bazille wieder einmal im Schneidersitz auf der Tischtennisplatte und raucht. Während die Kippe im Mundwinkel qualmt, säubert er sich mit einem Taschenmesser die Fingernägel. Das ist total eklig, aber ich bin froh, dass er wenigstens beschäftigt ist und uns deshalb nicht bemerkt. Rasch gehen wir ins Schulgebäude und landen natürlich vor einer verschlossenen Klassenzimmertür. Es ist ja auch erst kurz nach halb acht.

Als der alte Hausmeister, Herr Albrecht, über die Gänge schlurft, schließt er uns auf. »Ihr beide könnt es wohl gar nicht erwarten, schlauer zu werden, was?«, sagt er und lacht noch, während er seinen Riesenschlüsselbund wieder in der Hosentasche seines grauen Overalls verschwinden lässt. Hanna und ich gucken uns bloß an und antworten nicht. Soll der doch denken, was er will.

Wir setzen uns auf zwei Tische in der ersten Reihe und ich erzähle Hanna ein bisschen über die anderen aus unserer Klasse. Schließlich ist sie ja neu hier. Auch wenn es mir gar nicht mehr so vorkommt.

»Unser Streber ist Robbi, so ein ganz dünner.« Ich würde gerne mal wissen, ob es eigentlich in jeder Klasse einen Streber gibt. Die meisten Streber sind ja angeblich total unsportlich, aber Robbi nicht. »Er ist ein Mathegenie, aber außerdem auch der schnellste Läufer und beste Weitspringer in unserer Klasse. Anuschka und ich nennen ihn heimlich immer Rennmaus.« Hanna kichert. »Dann gibt es noch die Clique von Mädchen, die um Vanessa herumhängen und sie bewundern. Vanessa hat lange blonde Haare und tanzt Ballett. Ich glaube, sie macht das, seitdem sie laufen kann. Vanessa ist eigentlich okay, gar nicht eingebildet. Nervig finde ich bloß die anderen Mädchen, die sie so anhimmeln, ihr immer nach dem Mund reden und sich sogar so anziehen wie sie.«

Neben Hanna sitzt Torsten. Ich erkläre Hanna, wie nett Torsten ist. Ja, das ist er wirklich. Nicht nur, weil er immer so großzügig sein Pausenbrot mit mir teilt. Er steht mir auch oft bei, wenn wir in der Klasse Diskussionen haben. Einmal, als wir vom Schwimmen nach Hause gelaufen und in ein gruseliges Gewitter geraten sind, da hat er gesagt, ich müsse keine Angst haben. Ich habe nämlich fürchterliche Angst vor Gewittern, vor dem lauten Donnergrollen besonders. Torsten hat mich ganz ruhig bei der Hand genommen und sich mit mir in einem Hauseingang untergestellt, bis das Gewitter vorbei war. Außerdem finde ich seine roten Haare total süß.

Ich erwähne natürlich auch Anuschka, meine beste Freundin. Wir sitzen seit der ersten Klasse nebeneinander und haben uns geschworen, nie auch nur ein einziges Geheimnis voreinander zu haben. Unsere Klassenlehrerin Frau Kraft hat Hanna ja gestern bereits kennengelernt. Sie ist eigentlich ganz in Ordnung und nicht besonders streng. »Wenn sie sich über uns ärgert, setzt sie immer ihre Brille ab«, sage ich.

Hanna nickt. Nach und nach trudeln auch die

anderen ein. Torsten und Olaf nehmen Hanna in Beschlag. Auf einmal wollen sie *alles* über New York wissen.

Komisch, ich kann mir gar nicht vorstellen, wie das sein muss, irgendwo so fremd zu sein ... Ich kenne die meisten aus meiner Klasse schon aus dem Kindergarten. Ich kenne ihre Wohnungen und auch ihre Eltern und weiß, wo sie ihre Ferien verbringen.

Ich gehe ans Fenster. Nanu, was ist denn auf dem Hof los?

Bazille hat seinen Lieblingsplatz, die Tischtennisplatte, verlassen und tänzelt vor Vanessa herum. Wenn sie einen Schritt zur Seite macht, macht er das auch. Hin und her, von links nach rechts. Und von rechts nach links. Von hier oben sieht das lustig aus.

Aber ich glaube nicht, dass es lustig ist. Er will sie nicht vorbeilassen.

Es geschieht vor aller Augen, aber niemand tut etwas. Ich auch nicht.

Vanessa bleibt schließlich stehen und kramt in ihrem Rucksack herum. Sie gibt Bazille etwas, vielleicht ist es Geld. Ich kann nicht erkennen, was es ist.

Unser Klassenzimmer ist im zweiten Stock. Ich habe zwar gute Augen, aber nicht so gute wie ein Adler.

Bazille lässt Vanessa vorbei und spaziert langsam zu unserer Schultreppe. Alle Schüler kommen nun an Bazille vorbei. Er steht da so, als wäre er ein Page in einem vornehmen Hotel, der jeden Schüler wie einen Gast persönlich begrüßt.

Ich habe die breite, geschwungene Treppe vom Fenster aus gut im Blick. Und dann geschieht etwas Merkwürdiges. Ich sehe, wie ein, zwei Kinder aus den unteren Klassen direkt auf Bazille zugehen und ihm etwas in die Hand drücken. Sie machen das selbstverständlich, als hätten sie das schon öfter getan. Mir kommt das auf jeden Fall so vor, schließlich muss er dafür nicht von rechts nach links und von links nach rechts springen wie bei Vanessa.

Es läutet zum ersten Mal. Nach und nach füllt sich das Klassenzimmer. Auch Vanessa schleicht hinein. Sie ist blasser als sonst und am Hals hat sie rote Flecken. Solche bekommt Mama immer, wenn sie sich aufregt.

Ich frage sie, ob Bazille etwas von ihr wollte. Aber Vanessa mag mir nicht antworten. Steffi, eine von Vanessas Bewunderinnen, ist schneller. Sie merkt auch, dass etwas nicht stimmt. Vanessa geht sonst immer ganz gerade, als balanciere sie ein Buch auf dem Kopf. Und eben ist sie gebückt in den Raum geschlichen und ihre Schultern haben nach vorne gezeigt. Steffi legt den Arm um sie und führt sie zu ihrem Platz. Leise reden die beiden miteinander. Steffi streichelt Vanessa über den Arm. Vanessa schüttelt bloß den Kopf und lässt sich auf ihren Stuhl fallen.

In dem Moment klingelt es zum zweiten Mal und die Kraft betritt den Raum. »Guten Morgen, die Herrschaften«, sagt sie und guckt Ulli, der jetzt gerade erst in den Raum schlüpft, missbilligend an. Sie sagt: »Ulli, setz dich bloß schnell hin. Ich will heute nichts von deinem Wecker hören.«

Ein paar von uns lachen. Ulli gibt gerne seinem uralten Wecker die Schuld fürs Zuspätkommen. Diesen ollen Wecker gibt es wirklich. Allerdings funktioniert der eigentlich einwandfrei. Die Sache ist nur, dass Ulli abends manchmal vergisst ihn aufzuziehen …

Der Hof ist jetzt menschenleer. Nur ein vergessener Fußball liegt zwischen den Tischtennisplatten.

Unser Deutschunterricht beginnt. Die Kraft redet über die »Macht der Worte« und die »Schönheit der Sprache«. Sie schreibt einen Satz an die Tafel. Er lautet: »Simon hat ein Geheimnis, vielleicht hat das mit seinem Vater zu tun.« Wir sollen weiterschreiben, aus dem Satz eine Geschichte machen. Wir dürfen den Text mit nach Hause nehmen, wenn wir in der Stunde nicht fertig werden. Gar nicht so übel.

Wieder muss ich an Bazille denken. Auch er hat ein Geheimnis und wahrscheinlich nicht nur eins …

Vanessa flüstert Steffi leise etwas ins Ohr. Die Kraft tut so, als würde sie es nicht bemerken. Sie mag die hübsche Vanessa.

Ich würde gerne wissen, ob Bazille von Vanessa Geld wollte und was er von den kleinen Kindern bekommen hat.

Es ist merkwürdig: Die ganze Zeit über war Bazille für mich einfach nur ein Junge aus der Realschule nebenan. Ab und zu habe ich ihn bemerkt. Er gehörte zu den älteren Jungen, die mit Torsten, Olav und Ulli aus unserer Klasse im Park manchmal Basketball spielen.

Seit ein paar Tagen – oder schon länger? – ist alles anders. Bazille kann man kaum aus dem Weg gehen. Er scheint überall zu sein.

Mit Vanessa kann ich nicht mehr sprechen. Nach der Stunde geht sie zum Lehrerpult, redet kurz mit der Kraft, dann packt sie ihre Sachen und spaziert aus dem Klassenzimmer. Ich höre nur noch, wie die Kraft sagt, Vanessa sei plötzlich übel geworden. Jetzt muss ich bis Montag warten – oder sie anrufen.

Bazille wollte sie bestimmt nicht einfach so ärgern, wie Jungen das manchmal tun.

Oder bilde ich mir das ein?

Kapitel 5

in dem Charlie Lilli besucht
und etwas Erstaunliches feststellt

In den beiden großen Pausen sehe ich Bazille, Yvo und die anderen der grünen Halstuchbande nur von Weitem, darüber freue ich mich schon. Allerdings sieht es nach einer richtigen Verschwörung aus, wie sie alle zusammen unter der alten Kastanie hocken und die Köpfe zusammenstecken.

Ich versuche, daran zu denken, dass heute Freitag ist und das Wochenende vor mir liegt. Da fällt es mir erst wieder ein: Mama und Papa sind heute Abend eingeladen und ich werde bei Lilli schlafen.

Hab ich komplett vergessen. Vielleicht lerne ich dann auch Frank kennen?

Nach der Schule muss ich mich dann richtig beeilen, weil Lilli mich schon um halb drei bei uns zu Hause abholen wird und ich mein Zeug noch packen muss.

Ich gehe alleine los, weil die anderen sich Zeit lassen und noch auf dem Schulhof herumhängen und quasseln. Obwohl ich ein mulmiges Gefühl habe und Bazille hinter jeder Ecke und jeder Litfasssäule *erwarte*, lässt er sich nicht blicken. Genauso wenig taucht eine geldgierige Yvo vor unserer Haustür auf.

Glück gehabt.

Endlich bin ich in der Wohnung. Während ich mein knielanges Lieblings-T-Shirt zum Schlafen, Unterwäsche zum Wechseln und die Zahnbürste einpacke, versuche ich wieder einmal Anuschka zu erreichen.

Diesmal ist sie sogar selber gleich dran. Also scheint es ihr endlich besser zu gehen.

»Hallo, Charlie …«, sagt sie mit einer Stimme, die mir in dem Moment fast fremd vorkommt. Liegt das jetzt an der Lungenentzündung? Aber das kann doch nicht sein. Wir haben uns einfach schon lange nicht mehr gesprochen. Ich habe ein schlechtes Gewissen, dass ich sie gestern zu spät angerufen und deshalb nicht mehr erreicht habe.

»Charlie«, sagt sie, »wenn ich nicht bald gesund werde, kannst du mich demnächst im Irrenhaus besuchen!«

»So schlimm?«

»Noch viel schlimmer«, seufzt Anuschka und klagt mir ihr Leid. »Seit über zwei Wochen jeden Tag dasselbe. Fieber, Bettruhe, Medizin schlucken. Ich werde wirklich langsam verrückt! Ich habe das Gefühl, alle erleben etwas, nur ich nicht.« Sie sagt, dass sie froh ist, nächste Woche wieder zur Schule gehen zu können.

Während ich mit unserem schnurlosen Telefon durch die Wohnung haste, meine Jeansjacke suche und überlege, wo mein geringelter Pulli steckt, erzähle ich ihr von Bazille und Yvo.

Anuschka weiß sofort, wen ich meine. Sie staunt. »Bazille war doch eigentlich in Ordnung. Abgesehen von seinem beknackten Namen ... Hat er nicht immer mit Torsten und den anderen im Park rumgehangen und Basketball gespielt? Was ist denn mit dem los?«

»Vielleicht findet er es witzig, Gangster zu spielen«, sage ich. »Vielleicht hat er einfach zu viele Musikclips auf MTV gesehen!« Wir lachen.

Unten klingelt es und ich muss auflegen. Das muss Lilli sein. Mit dem Rucksack in der einen Hand schließe ich mit der anderen die Tür ab.

Draußen wartet eine lächelnde Lilli auf mich.

Sie sieht verändert aus. Vielleicht liegt das daran, dass sie ihre Haare hochgesteckt hat. Es steht ihr gut, man kann ihr Gesicht viel besser erkennen. Vielleicht ist es aber auch der komische weiße Pudel, den sie an einer Leine hält. Wahrscheinlich liegt es aber an ihrem Lächeln, das nicht nur auf ihren Lippen liegt, sondern auch in ihren Augen und mich ansteckt.

»Hallo, Süße«, sagt sie und küsst mich auf die Wange. »Das ist Blacky.« Sie zeigt auf den Pudel.

Ich schaue sie verwundert an.

»Er heißt wie seine Mutter. Und die hatte schwarzes Fell«, fügt Lilli erklärend hinzu. Das Tier hebt doch tatsächlich die Pfote. Ich nehme sie und schüttle sie. »Sehr erfreut, lieber Pudel. Lilli, bist du jetzt auf den Hund gekommen?«, sage ich. Ich weiß, ein blöder Spruch, aber es ist zu ungewohnt, ausgerechnet Lilli mit einem Hund zu sehen. Sie gehört zu den Menschen, die blanke Gläser noch einmal nachpolieren und immer an sich herumzupfen müssen, um unsichtbare Fusseln zu entfernen.

»Er gehört Frank«, sagt Lilli stolz. »Ich passe heute Nachmittag auf ihn auf, weil Frank zu einer Auktion gefahren ist und den Hund ungern im Laden alleine lassen wollte.«

Ich nicke. Verstehe ich gut. Aber was hat dieser Frank bloß gemacht, als er Lilli noch nicht kannte? Wer hat da wohl auf seinen Blacky aufgepasst? Ich mag Lilli jetzt nicht danach fragen.

Wir laufen mit Blacky von Laterne zu Baum und wieder von Baum zu Laterne, weil Lilli meint, Blacky müsse Pipi machen. Irgendwie hab ich das Gefühl, wir wollen dem Hund damit genauso einen Gefallen tun wie er uns. Denn Blacky hebt zwar brav sein Bein, aber mehr passiert nicht.

Ich mag Hunde schon, aber einen Pudel hätte ich mir nicht angeschafft. Pudel, das sind doch Hunde für Omas. Hirtenhunde finde ich toll. Na ja, vielleicht nicht unbedingt in der Stadt.

Endlich steigen wir in Lillis Mini und fahren los. Es ist nicht so weit, mit dem Auto schon gar nicht. Wir wohnen in Schöneberg, in der Meranerstaße, und Lilli in Wilmersdorf, in der Mainzerstraße. Dazwischen liegt der große Volkspark.

Blacky sitzt neben mir auf der Rückbank und guckt aus dem Fenster. Ich glaube, Hunde fahren schrecklich gerne Auto. Blackys Ohren klappen vor und zurück. Und er hechelt aufgeregt.

»Frank holt Blacky nachher ab«, sagt Lilli. Sie schaut mich im Rückspiegel an.

»Dann lerne ich ihn endlich kennen«, sage ich. Was soll ich sonst sagen? Ich bin ziemlich neugierig auf Frank.

Lilli findet eine winzig kleine Parklücke vor ihrem Haus, in der selbst ihr Mini nur mit mühsamem Lenkradgekurbel Platz findet. Endlich hat sie es geschafft und wir können aussteigen.

»Hast du Hunger?«, fragt Lilli.

»Och, ein bisschen«, antworte ich vorsichtig. Denn ich weiß, Lillis Kochkünste sind nicht so doll. Auch wenn sie das nicht so sieht und prompt behauptet, sie habe ein gutes Süppchen gekocht. »Einen richtig guten Linseneintopf.«

Na bitte, wenn es eins gibt, was ich nicht ausstehen kann, dann ist das Linsensuppe. Am besten noch aus der Dose.

»Ich hab eigentlich nicht so großen Hunger«, sage ich schnell.

»Deine Mutter hat als Kind immer so gerne Eintopf gegessen«, sagt Lilli und guckt mich an, als sei ich vollkommen aus der Art geschlagen.

Wir stehen jetzt schon eine ganze Weile vor der Haustür. Lilli kann ihren Schlüssel nicht finden. Muss echt eine Familienkrankheit sein. Sie kramt in ihrer Handtasche und wühlt und wühlt.

In dem Moment biegt ein großer Mann um die Ecke. »Lilli!«, ruft er und winkt. Mit großen Schritten kommt er näher. Auch Blacky freut sich und bellt.

Das muss Frank sein. Meine Güte, der sieht ja super aus mit seinen blonden, dicken, kinnlangen Haaren. Ich bin platt.

Lilli dreht sich um und kichert. »Hallo, Georg!«

Georg? Wer ist denn jetzt Georg? Wieso lernt Lilli plötzlich einen Mann nach dem anderen kennen?

»Georg«, sagt Lilli, »das ist meine Nichte Charlie und das ist Blacky, aber den brauche ich dir ja nicht vorzustellen.« Dieser Georg und Lilli lachen.

»Georg ist ein Freund von Frank«, sagt Lilli zu mir. »Seine Praxis ist gleich hier im Haus nebenan. Erst seit vier Wochen, aber das Wartezimmer ist bereits gerammelt voll.« Lilli spricht, als wäre sie persönlich stolz auf Georgs volle Praxis.

Georg und ich schütteln uns die Hände. Wie ein Schauspieler sieht er aus, was vielleicht an seinen grünen Augen und den dichten langen Wimpern liegt. Er schaut mich so begeistert an, als hätte er sich schon immer danach gesehnt, ein zehnjähriges Mädchen persönlich kennenzulernen.

Er muss dann weiter, weil seine Patienten »schon sehnsüchtig auf mich warten«, wie er sich ausdrückt.

»Ein netter Mann«, seufzt Lilli. Finde ich auch! Wirklich.

Endlich hat sie ihren Schlüssel gefunden. Jetzt muss nur noch Frank aufkreuzen.

Ich lerne ihn erst zwei Stunden später kennen. Als er vor mir steht, kommt er mir irgendwie bekannt vor. Nicht, dass er auch wie ein Schauspieler oder so aussieht. Das tut er ganz und gar nicht. Er hat ein *normales* Gesicht. Seine Haare sind kurz und dunkel. Sein Lächeln ist nicht so strahlend wie Georgs. Seine Nase ist ein bisschen zu groß. Die Lippen ein wenig zu schmal. Er guckt mich auch nicht so freudig an. Er schüttelt mir einfach die Hand und ich ihm.

Und dann fällt es mir plötzlich ein, woher ich ihn kenne. Vor Schreck verschlucke ich mich an meiner Apfelsaftschorle, muss husten und bekomme dann auch noch Schluckauf. Er ist der Mann aus dem Park! Der Mann, der mit Bazille gestritten hat!

Ich gucke ihn mir noch mal genau an. Nein, Irrtum ausgeschlossen. Er ist es!

An wen ist Lilli denn da geraten? Dass er mit Bazille zu tun hat, macht ihn mir unsympathisch.

Frank lobt Lillis Linsensuppe wie verrückt. »Lilli, so eine köstliche Linsensuppe hab ich noch nie gegessen!«, ruft er. Heuchler, so was von übertrieben. Schließlich ist Linsensuppe ja kein besonders aufwendiges Gericht wie die Weihnachtsgans. Wahrscheinlich will er sich einfach bei Lilli einschmeicheln. Dabei ist das nicht mal nötig. Sie scharwenzelt ohnehin um ihn herum wie drei eifrige Oberkellner auf einmal. Als er aufs Klo geht, bin ich gerade in der Küche am Kühlschrank, um Mineralwasser zu holen. Die Wand zwischen Küche und Bad ist sehr dünn. Ich kann Franks Stimme gut hören.

Er telefoniert auf dem Klo. Heimlich. Ich höre ihn deutlich sprechen. Es werden wohl kaum Selbstgespräche sein! Er muss etwas zu verbergen haben, sonst wäre er wohl nicht mit dem Handy aufs Klo verschwunden! Verdächtig, verdächtig ...

Ich werde Lilli warnen müssen. Auch wenn dann für sie eine Welt zusammenbricht. Sie scheint ihn ja wirklich sehr zu mögen. Für Blacky hat sie vorhin sogar ein Schweineohr in der Tierhandlung gekauft. Also, ich meine, ein echtes Schweineohr! Das ist echt der Hammer. Wenn mir das jemand vor ein paar Tagen gesagt hätte, ich hätte es nicht geglaubt. Diese Schweineohren, die sehen nämlich nicht nur schrecklich aus, die stinken auch wie Hölle. Früher, bevor Lilli Frank kannte, hätte sie einen riesengroßen Bogen um so etwas Ekliges gemacht. Das muss echte Liebe sein. Auf jeden Fall von ihrer Seite aus. Okay, ich bin ja keine Expertin für diese Liebessachen. Ich war überhaupt noch nie verliebt. Ich weiß gar nicht, ob es das überhaupt gibt, Liebe.

Lilli ist jedenfalls nicht wiederzuerkennen. Da kann man nur Bauklötze staunen, wenn man das denn könnte!

Frank hilft beim Abräumen, was ja eigentlich nett ist. Aber vielleicht tut er es mit Absicht, um einfach nett zu wirken. Eiskalt geplant sozusagen. Als Lilli ihn nach dieser Auktion fragt, murmelt er irgendwas – keine Ahnung, was. Ich glaube nicht, dass sie ihn besser verstanden hat als ich. Wer weiß, was für komische Geschäfte er heute in Wirklichkeit gemacht hat?

Misstrauisch beobachte ich, wie er den Suppentopf in die Küche trägt.

Schließlich erzählt Frank dann doch was über die Auktion, nämlich dass ihm ein silbernes Fischbesteck durch die Lappen gegangen sei, weil er zu langsam geboten hätte. Man hätte es für eine »schöne Stange Geld weiterverkaufen können«, sagt er bedauernd.

Da fallen mir die fünf Euro wieder ein, die ich Lilli – dank Yvo – schulde. Ich hole die Geldbörse aus meinem Rucksack, spaziere in die Küche – und platze mitten in eine innige Umarmung zwischen Lilli und Frank.

Ich weiß nicht, wer von uns beiden röter wird, Lilli oder ich. Auch so eine Familiensache, dieses ständige Erröten. Nichts kann man verheimlichen. Vielleicht erfinde ich ja irgendwann einmal Tabletten dagegen.

»Ich wollte dir deine fünf Euro wiedergeben«, sage ich verlegen. Und hebe die Geldbörse hoch, damit sie sieht, dass es mir damit ernst ist.

Lilli windet sich aus Franks Armen, ihre Wangen sind immer noch rot, wie angemalt sieht das aus.

»Ach, lass doch, Charlie«, sagt sie und lacht. »Brauchst du wirklich nicht.« Frank und sie lächeln sich an. Und ich tapere wieder zurück ins Wohnzimmer.

Lilli ist glücklich, ich bin verdattert – und rot.

Und was mit diesem Frank los ist, werde ich schon noch herausfinden!

KAPITEL 6

in dem wir festgehalten werden und Timmi unfreiwillig Sand essen muss

Am Sonntag haben sich Mama und Papa wieder vertragen. Sogar gelacht haben sie über ihren Streit und sich darüber lustig gemacht. Sie wären eben mit den Nerven herunter gewesen, hat Mama zu mir gesagt. Sie überlegen jetzt, das Auto tatsächlich zu verkaufen. Papa war ganz aufgekratzt. »Wir müssen wirklich einiges ändern«, hat er gesagt – Mama und er haben darauf mit Sekt angestoßen. Sie haben beschlossen, dass Mama sich in aller Ruhe einen anderen Job suchen wird. Schließlich gibt es in Berlin nicht nur diese eine Boutique für

Kindermode. Vor allen Dingen gibt es viele Kinder. Am liebsten würde Mama ihren eigenen Laden haben. Darüber haben sie lange gesprochen und Pläne geschmiedet. Auch Papa denkt über berufliche Veränderungen nach. Ich glaube, er hasst es wirklich sehr, Wohnungen vermieten zu müssen. Mama findet ihren Job an sich nicht schlimm. Sie mag bloß nicht länger für die Moderatte arbeiten.

Mama und Papa sind dann spazieren gegangen. Ich habe Anuschka besucht. Mitte nächster Woche kommt sie wieder in die Schule. Endlich.

Sie ist schon sehr gespannt auf Hanna – aber ich glaube, auch ein bisschen eifersüchtig, weil ich mich mit Hanna so schnell angefreundet habe. Dabei braucht sie ja keine Angst zu haben.

Jetzt ist Montag, die Schule ist aus und es ist auch etwas wärmer. Hanna und ich gehen mit ihrem kleinen Bruder Timmi auf den Spielplatz bei der S-Bahn.

Timmi verkündet, dass er das größte, tiefste Loch der Welt graben will. »Das verstehe ich gut«, sage ich zum ihm. »Das wollte ich früher auch immer, aber ich habe es nicht geschafft.«

»Wir können es ja zusammen versuchen«, sagt er und nimmt meine Hand. Hanna kichert, weil sie meinen Gesichtsausdruck »tantig gerührt« findet. Na und!

Auf dem Spielplatz machen Timmi und ich uns gleich an die Arbeit. Zum Glück hat er zwei große Metallschaufeln mit. Wir graben, was das Zeug hält, knien uns in den Sand und stemmen uns auf die Schaufeln. Jeder Maulwurf würde vor Neid erblassen. Hanna sitzt unterdessen faul auf der Bank und hält ihr Gesicht in die Sonne.

Auf dem Spielplatz ist viel los. Kinder, wohin man schaut, auf dem Klettergerüst, der Wippe, dem Häuschen und den Schaukeln. Zwei Frauen sitzen auf einer Bank, plaudern miteinander und schieben ihre Kinderwagen auf der Stelle hin und her. Ein Vater spielt mit einem kleinen Mädchen Ball. Ein anderer Mann schubst ein kleines Mädchen auf der Schaukel an. Man hat das Gefühl, die Leute freuen sich, dass es endlich Sommer wird. Es ist alles ganz friedlich.

Das ändert sich jedoch schlagartig, jedenfalls für uns. Als ich hochgucke, sind Timmi und ich plötzlich umzingelt. Sie müssen sich leise angeschlichen haben. Bazille steht da. Breitbeinig. Auch Yvo und drei andere von der grünen Halstuchbande, ein Mädchen und zwei Jungen, sind dabei. Ich kenne alle vom Schulhof, bis auf einen von den zwei Jungen, einen großen, dünnen.

Hanna sitzt immer noch auf der Bank – mit geschlossenen Augen.

Bazille sagt zu mir: »Ich bin gekommen, um dir

etwas zu sagen. Ich weiß nicht, ob es dir aufgefallen ist …«

»Was denn?«, frage ich und merke, wie dünn meine Stimme klingt.

»Wie gefährlich diese Gegend ist«, antwortet er und spuckt in den Sand.

Timmi lacht. Vielleicht hat er nicht gehört, was Bazille gesagt hat – oder er hat es nicht verstanden. Timmi ist ja gerade erst sechs geworden. Auch wenn er nach dem Sommer in die Schule kommt.

Hinter Bazille versucht ein Kleinkind mit dickem Windelpo und wackeligen Beinen über den Sand zu laufen.

»War mir nicht so klar«, murmele ich und blicke dem auf seinen krummen Beinen schwankenden Kleinkind hinterher.

»Ist aber so«, sagt diese Yvo und nickt. »Echt saugefährlich.«

Und das Mädchen mit den roten Haaren sagt: »Da kannste Gift drauf nehmen.« Sie guckt uns mit ihren schwarz umrandeten Augen finster an, genau wie der dünne, große Junge, der sich weiter im Hintergrund hält.

Immer noch stehen Bazille, Yvo und die Rothaarige um uns herum.

»Aber du hast Glück«, sagt Bazille. »Großes Glück, weil du uns kennst.«

»Und wie wollt ihr mir helfen?«, frage ich.

Irgendetwas muss ich ja sagen. Mir ist schon klar, dass sie mir nicht wirklich helfen wollen, dass sie eigentlich die Gefahr sind, vor der sie warnen. Ich will nur Zeit gewinnen.

Bazille hat bestimmt viele Western gesehen, wie er da so steht und sich mit einer Hand die schulterlangen Haare aus dem Gesicht streicht. Er lacht und spuckt schon wieder aus. Eklig.

»Wir werden dich beschützen, dich und den Kleinen hier«, sagt er großspurig. Wie albern er dabei wirkt. Außerdem, was soll dieses Gefasel! Wollen sie uns vielleicht beim Buddeln beschützen, vor Ameisen, Sandwürmern oder angriffslustigen Kleinkindern? Natürlich denke ich das nur. Ich bringe kein Wort heraus. Nicht eins.

Wir schweigen alle.

»Vielleicht brauchen wir euren Schutz gar nicht«, sage ich schließlich. Oje, mein Herz trommelt so schnell, als würde jemand anders als ich das Tempo bestimmen.

Bazille schüttelt tadelnd den Kopf, so wie die Kraft, wenn man im Unterricht eine falsche Antwort gibt.

Jetzt hat Hanna ihre Augen endlich geöffnet. Blinzelnd schaut sie sich um, streckt die Arme, gemütlich sieht das aus. Fast so, als wäre sie gerade erst aufgewacht – und dann bemerkt sie Bazille und die anderen.

Sie springt auf. »Alles in Ordnung, Charlie, Timmi?«, ruft sie.

»Bis jetzt schon!«, rufe ich.

Und dann geht alles so schnell.

Komischerweise hilft uns niemand von den Erwachsenen. Vielleicht bekommen sie es auch nicht mit. Oder sie wollen es nicht sehen. Oder sie sehen es und verstehen es falsch.

Mit einem Satz ist die Rothaarige bei Hanna und hält sie fest umklammert. Der dünne Junge, den sie noch dabeihaben und Fritz nennen, setzt sich hinter mich und hält auch meine Arme fest. Dabei bin ich ohnehin wie gelähmt, während Yvo sich langsam, als habe sie alle Zeit der Welt, zwischen Timmi und mich plumpsen lässt. Sie greift nach seinen Händen und sagt leise: »Und jetzt zeigen wir euch mal etwas. Etwas, das euch nicht gefallen wird. Und uns gefällt das genauso wenig, das könnt ihr uns glauben. Wir tun das auch nur, damit ihr begreift, wovor wir euch schützen wollen.«

Der andere Junge bleibt stehen.

Bazille geht in die Knie und nimmt ein wenig Sand in die Hände. Er grinst Timmi an und sagt: »Iss!«

Timmi ist ganz still. Ich hätte an seiner Stelle bestimmt gebrüllt. Er blickt in Bazilles Augen und dann auf seine Hand mit dem Häufchen Sand und schüttelt den Kopf.

Hanna schreit etwas. Die Rothaarige lacht. Der Dünne grinst.

Eine der Frauen mit dem Kinderwagen sieht her. Sie wird uns helfen. Bestimmt. Aber es ist ihr anscheinend bloß zu laut. Denn sie steht auf und schiebt ihren Kinderwagen langsam Richtung Ausgang. Eine andere Frau folgt ihr. Und der Vater mit dem Mädchen bei den Schaukeln ist so weit weg, als wäre er auf einem anderen Planeten.

Ich schlucke. Je öfter ich schlucke, desto mehr Spucke habe ich im Mund. Es ist wie in einem Albtraum, in dem man wegrennen möchte, aber keinen Zentimeter von der Stelle kommt.

Ohne Vorwarnung reißt Bazille Timmis Kopf plötzlich an seinen Haaren hoch und sagt: »Friss!«

Und diesmal öffnet Timmi gehorsam seinen Mund. Bazille drückt ihm eine Portion Sand hinein und Timmi schluckt, würgt und weint. Bazille lässt von ihm ab. Er steht auf und klopft sich den Sand von seinen Jeans.

»Leute«, sagt er. »Versteht ihr jetzt, was wir meinen? Genau das wollen wir nicht, dass etwas so Hässliches geschieht …«

So was von scheinheilig! Ich könnte platzen vor Wut.

Bazille klopft immer noch den Sand von seiner Jeans. Ganz gründlich macht er das, genau wie Lilli, wenn sie Staubflusen vom Pulli zupft.

Er sagt: »Versteht mich doch richtig. Wir wollen euch vor so etwas beschützen. Das war eine Demonstration. Vielleicht seid ihr noch zu klein und kennt das Wort nicht? Wir wollten euch bloß zeigen, was euch passieren kann, wenn ihr nicht zahlt!«

Jetzt hat er es endlich gesagt. Sie wollen Geld!

Bazille lächelt: »Ich mag euch, echt. Und ich will euch wirklich beschützen, aber was ist heutzutage schon umsonst? Also, habt ihr mich verstanden?«

Timmi nickt. Hanna und ich sehen uns an. Wir werden immer noch festgehalten.

In meiner Fantasie bin ich eine Heldin. Eine Heldin, die Bazille elegant durch die Luft wirbelt und auslacht. Eine Heldin, die Yvo und die anderen einfach beiseiteschubst und mit Hanna und Timmi an der Hand nach Hause geht. In Wirklichkeit überlege ich, wie viel Geld sie wohl haben wollen und wie oft wir zahlen sollen. *Wollen* und *sollen* reimt sich, fällt mir auf.

Ich schaue immer noch zu Hanna, die wütend in der Armklammer der Rothaarigen zappelt. Die Rothaarige schubst Hanna, sodass sie auf die Knie fällt. Fritz lässt endlich auch meine Arme los. Ich bin so sauer, dass ich in dem Moment keine Angst mehr habe. Ich versuche nach dem Mädchen zu greifen und rufe: »Ihr Idioten, lasst doch endlich

Timmi in Ruhe!« Die Rothaarige dreht sich zu mir und sagt spöttisch: »Timmi heißt er, ach wie süß …«

»Tun wir ja«, sagt Bazille, »gleich.« Er reibt sich die Hände und sagt: »Fein, dann ist ja alles klar. Ihr zahlt der Lady hier«, er zeigt auf Yvo, »jeden Tag drei Euro, ansonsten … gibt es für alle lecker Sand zu essen. Haben wir uns verstanden?« Er grinst noch einmal Hanna und mich an.

Endlich ziehen sie ab. Bazille und seine Halstuchbande. Man kann nicht sagen, dass sie es besonders eilig haben. Sie rechnen wohl nicht damit, dass wir sie aufhalten. Sie wissen, wie ohnmächtig wir uns fühlen.

Hanna steht auf, läuft zu Timmi, umarmt ihn, zerwuschelt seine Haare und beginnt zu weinen.

»Wir hatten keine Chance«, sage ich, um sie zu trösten.

Timmi versucht unterdessen den Sand aus den Zähnen zu bekommen. Er spuckt mehrmals in den Sand und schimpft.

»Ich weine bloß vor Wut!«, erklärt Hanna. Sie hält Timmi immer noch umarmt. »Das werden die mir büßen! Von mir bekommen die keinen Cent. Nicht einen. Die werden sich noch wundern!«

»Ja, wir müssen uns etwas überlegen«, sagte ich. »Ich will auch nicht zahlen.«

»Aber was sollen wir machen? Sie sind älter und stärker als wir«, sagt Hanna. Ihre Lippen zittern.

»Wir müssen herausfinden, wen sie noch alles bedrohen«, überlege ich. »Vanessa«, fällt mir ein, »ist heute nicht zur Schule gekommen. Sie hat doch auch Ärger mit Bazille.«

»Ja, du hast recht!«, sagt Hanna.

»Wir müssen uns gegen sie verbünden«, sage ich. »Wir werden es ihnen zeigen!«

»Ich bin dabei!«, ruft Timmi und reckt seine kleine Faust in den Himmel.

Kapitel 7

in dem sich die Dinge zuspitzen und viel telefoniert wird

Wir werden uns gegen sie verbünden, habe ich gesagt, aber nicht daran gedacht, dass wir nicht immer zusammen sind. Und so gelingt es der Halstuchbande doch, uns zu erwischen. Einzeln. Immer wieder.

Ich zahle. Hanna zahlt. Vanessa zahlt – sie sagt zu mir, als ich sie endlich mal sprechen kann, sie wolle einfach nur ihre Ruhe haben. Außerdem habe Bazille sie *nur* zweimal *belästigt* und sie seitdem in Ruhe gelassen.

Vanessa will also ihre Ruhe haben, genau wie

offensichtlich ein paar andere aus der Klasse auch. Zum Beispiel Ralfi, der ist so ängstlich, dass er Bazille sofort jeden Betrag gibt, den der haben möchte. Ralfi hat panische Angst vor Schlägereien und sagt, er wäre nicht stark genug. Genau wie Ulli, den haben sie auch schon um sein Taschengeld gebracht.

Hanna, Vanessa, Ralfi, Ulli und ich gehen also nicht zu unseren Eltern oder den Lehrern, um sie um Hilfe zu bitten. Jeder von uns hat so seine Gründe. Mama und Papa sind immer noch so mit sich beschäftigt, dass es bisher einfach keine Gelegenheit gab, mit ihnen zu reden. Mama findet so schnell keinen neuen Job und ist unglücklich. Wir brauchen ja das Geld, das sie verdient. Gestern Abend habe ich gehört, wie sie gesagt hat, dass sie Angst vor der Zukunft hat. Da hab ich mich einfach nicht getraut, mit meinen Problemen zu kommen. Vielleicht ist das bei den anderen Eltern auch so, dass sie Probleme haben.

Bleiben noch die Lehrer. Aber irgendwie kann man mit denen auch nicht reden. Die haben uns noch nie geholfen und sagen immer nur, dass wir die Dinge untereinander regeln sollen.

Und so zahlen wir Wegegeld. Schließlich wollen wir nicht zu spät zur Schule kommen. Wir zahlen dafür, dass wir die Tischtennisplatten und die Bänke benutzen dürfen, obwohl wir schon lange nicht mehr dort sitzen oder Tischtennis spielen. Dort hängt nun die Halstuchbande herum, Pause für Pause und oft auch nach der Schule. Sie sind eine gründliche Bande und nach und nach wechseln Dinge ihren Besitzer.

Seit gestern ist Ralfi sogar seinen MP3-Player los, der eigentlich nicht ihm, sondern seinem großen Bruder gehört hat und angeblich verloren gegangen ist. Und Ullis Handy hat sich die rothaarige Freundin von Yvo unter den Nagel gerissen.

Nur wenn wir zu dritt oder viert unterwegs sind, lassen sie uns in Ruhe.

Meistens. Ich weiß nicht, ob sie auch den anderen Kindern aus unserer Schule nachstellen.

Seit der Sache auf dem Spielplatz sind erst ein paar Tage vergangen. Wenn ich draußen etwas zu erledigen habe, gehe ich schnell, drehe mich um, bilde mir ein, sie seien hinter mir oder vor mir. Erwarte sie immer.

Ich sehne mich nach den Ferien wie noch nie. In den Ferien werden die meisten verreist und für Bazille und seine Bande unerreichbar weit weg sein. Aber bis dahin sind es noch Wochen.

Ich überlege noch einmal, ob ich Mama nicht doch von der ganzen Sache erzählen soll. Aber wahrscheinlich sorgt sie sich dann bloß, weil sie ja nicht ständig bei mir sein kann. Das bringt es ja auch nicht. Also sage ich nichts.

Jetzt ist immerhin schon Donnerstag. Das Wochenende ist nicht mehr weit. Als ich nach Hause komme, telefoniert Mama gerade mit Lilli.

»Ich wäre geplatzt«, sagt sie, »wenn ich es dir nicht sofort erzählt hätte!«

Ich kann mir überhaupt nicht vorstellen, was *es* sein sollte, weshalb Mama *platzen* könnte.

»Du, ich muss jetzt Schluss machen, Charlie ist gerade nach Hause gekommen«, sagt Mama und guckt mich mit so einem merkwürdigen Blick an. Sie ist mir ganz fremd in dem Moment.

Wir setzen uns dann zusammen aufs Sofa und Mama redet davon, dass mir die Klamotten bei *Himmelblau und Babyrosa* nicht gefallen.

Da hat sie allerdings recht.

Und dann der Knüller: Mama hat heute gekündigt! Nichts mehr von wegen in aller Ruhe nach einem neuen Job umsehen.

Das ist echt ein Hammer. Ich meine, sie hat darüber immer wieder gesprochen, aber dass sie sich einmal wirklich trauen würde, die Moderatte zu verlassen, hätte ich nie gedacht. Nie.

Mama berichtet, wie es dazu gekommen ist. Heute war mal wieder ein Kleid in der Boutique verschwunden. Die Moderatte meckerte gleich mächtig los, Mama würde die Diebe wie ein Magnet anziehen und sei dann noch »zu blöd«, es zu merken. Sie sei »schludrig« und »eine Transuse«, die nicht richtig aufpassen könne, obwohl bekannterweise überall habgierige Menschen nur darauf lauern würden, die gerüschten Tüllkleider und Lackschühchen säckeweise aus dem Laden zu schleppen.

Mama grinst. »Stell dir vor, das blöde Kleid war überhaupt nicht gestohlen. Es lag nur in der Umkleidekabine unter einem Hocker. Wahrscheinlich war es vom Bügel gerutscht. Aber diese Kuh hat sich dann nicht einmal bei mir entschuldigt. Und da hatte ich einfach die Nase voll von diesen blöden, ungerechten Anschuldigungen. Und ich habe gesagt: ›Wissen Sie was, Sie können mich mal. Das habe ich nicht nötig. Etwas Besseres als diesen Saftladen für Kitschkleider finde ich bestimmt – und wenn ich selber eine Boutique aufmachen werde! Deshalb kündige ich hiermit!‹«

Mamas Augen glänzen, als sie mir erzählt, wie sie der »alten Schabracke« (O-Ton Mama für die Moderatte) die Meinung gesagt hat. Ich muss kichern. Den Ausdruck *Schabracke* kenne ich nur aus Papas alten Mickymaus-Heften, da nennt nämlich Donald seine Tante so.

Mama redet immer noch über ihre Kündigung: »Wie die mich angesehen hat … und dann hat sie gesagt: ›Frau Tröndle, das werden Sie bereuen! Den Letzten beißen die Hunde, denken Sie an meine Worte!‹ Und ich hab zu ihr gesagt, wir werden noch sehen, wer hier die Letzte ist!‹ Und dann bin ich einfach gegangen. Rausgerauscht, ohne mich noch einmal umzudrehen.«

Mamas Wangen sind jetzt zartrosa gefärbt. Schön sieht sie aus. Schön und wütend und glücklich. Lustig, dass sie gleichzeitig so viele verschiedene Gesichtsausdrücke haben kann. Das kommt dadurch, dass sie sich wütend auf die Lippen beißt, aber sofort wieder lächelt und in ihren Augen so ein Funkeln hat. Zur Krönung fuchtelt sie dabei noch mit ihren Händen in der Luft herum.

Ich verstehe, dass sie das alles aufregt. Ihre Chefin ist wirklich unmöglich.

Dann klingelt das Telefon. Keine Ahnung, wer dran ist. Mama erzählt auf jeden Fall das Ganze noch einmal. Als sie auflegt, klingelt es schon wieder, allerdings an der Tür.

Es ist Papa. Stimmt, er hatte sich ja heute zum Mittagessen angekündigt, weil er in der Nähe zu tun hat. Natürlich bekommt auch er sofort die Sache mit der Kündigung berichtet, mittlerweile etwas kürzer als ich.

Papa reagiert komisch. Einerseits lobt er Mama, streicht ihr mit stolzem Gesichtsausdruck über die Schultern, aber dann murmelt er besorgt etwas von »ein wenig verfrüht ist das Ganze ja vielleicht doch. Andererseits kann man sich ja wirklich nicht alles gefallen lassen …«

Während wir später zusammen Spaghetti bolognese essen, reden Mama und Papa unentwegt darüber, wie es jetzt weitergehen soll. Als Erstes werden sie am Wochenende versuchen unser Auto zu verkaufen. Mama wird die Stellenanzeigen durchgehen und die Sache mit dem eigenen Laden auch nicht aus den Augen verlieren. Einen kleinen Bausparvertrag gibt es wohl auch noch.

Ich höre da nur halb zu. Muss mal wieder daran denken, wie wir am Montag auf dem Spielplatz im Sand gehockt haben. Hilflos. Und sie uns die Arme umgedreht haben. Und Timmi Sand essen musste. Vor aller Augen. Und niemand uns geholfen hat. Ob ich jetzt mal von Bazille erzählen soll?

Da läutet das Telefon. Praktischerweise liegt es direkt vor mir auf dem Tisch. »Tröndle, hallo?«, melde ich mich. Keine Antwort. Nur leises ungleichmäßiges Atmen oder Schnaufen. Unheimlich.

Ich will gerade auflegen, als ich plötzlich Hannas Stimme erkenne. »Charlie ... Charlie, bist du dran?«, sagt sie, dann höre ich ein Geräusch. Es ist ein kaum hörbares Schluchzen. Hanna weint.

»Ja, ich bin dran.« Da ich mit dem Essen bereits fertig bin, stehe ich auf, lächle Mama und Papa an – die reden sowieso noch miteinander und beachten mich nicht weiter – und gehe mit dem Hörer am Ohr in mein Zimmer. Leise frage ich Hanna: »Was ist denn bloß passiert?«

Hanna schnieft und braucht eine Weile, ehe sie wieder redet. »Timmi und ich ... Wir wollten ins Haus gehen, aber sie haben uns nicht hereingelassen.«

»Bazille?«

»Nein, es war diese Yvo mit den kleinen fiesen Augen und die Rothaarige vom Spielplatz.«

»Wollten die schon wieder Geld? Wir haben doch heute schon gezahlt!«

»Ja, zehn Euro. Und ich hab nur gesagt, mehr gebe ich euch nicht. Ich habe gar nichts mehr. Echt wahr. Mein Sparschwein ist bis auf fünf Cent leer. Und die wollen immer mehr und mehr. Wo soll ich das denn alles hernehmen? Ich will ja nicht meine Eltern beklauen. Und dann haben die sich angeguckt und gesagt, dann sollst du mal sehen, was du davon hast.«

»Und was ist dann passiert?«

Hanna atmet tief ein und aus, dann sagt sie mit gepresster Stimme: »Dann haben sie mir meine Zöpfe abgeschnitten!«

»Was? Nein!«, rufe ich erschrocken. Fasse entsetzt in meine Haare.

»Ja«, sagt Hanna leise. »Die hatten jede eine Schere dabei und zwei Sekunden später haben sie mir die Zöpfe vor die Füße geworfen. Timmi hat sie aufgehoben. Jetzt liegen sie auf meinem Schreibtisch und sehen irgendwie aus wie zwei tote Tiere.«

Ich muss mich erst mal setzen. Ich sehe Hannas dicke, geflochtene Zöpfe vor mir. Am Ende sind sie meistens mit einem roten Zopfband zusammengebunden.

Ich weiß nicht, was ich sagen soll. Wie ich sie trösten kann. Bringe bloß heraus: »Na ja, zum Glück wachsen Haare ja wieder.« Aber darum geht es ja nicht. Sondern darum, dass diese zwei Biester nicht das Recht haben, anderen Menschen die Haare abzuschneiden. Einfach so.

»O Mann, das ist wirklich ein Ding«, murmele ich immer wieder. »Echt 'n Ding. Was hat denn deine Mutter dazu gesagt?«

»Ach, die hat mich noch gar nicht so gesehen. Ich werde ihr erzählen, dass ich meine Zöpfe nicht mehr sehen konnte und mir selber die Haare abgeschnitten habe.« Hanna kichert. »Mal sehen, ob sie es mir abkauft. Ich will ihr auf keinen Fall die Wahrheit sagen. Sonst dürfen Timmi und ich nicht mehr alleine nach draußen. Meine Eltern sind doch so überängstlich. Unsere Nachbarn in den USA haben ihre Kinder überall hingefahren. Das traue ich meiner Mutter auch zu. Aber das will ich nicht. Die Kinder konnten keinen Schritt alleine machen.«

»Das verstehe ich.«

Hanna sagt: »Du wirst mich nicht wiedererkennen. Ich sehe wie mein eigener Zwillingsbruder aus.«

»Dann freunde ich mich eben mit deinem Zwillingsbruder an.«

Hanna flüstert: »Sie haben gesagt, das Zopfabschneiden sei eine letzte Warnung für mich gewesen, ihnen immer zu gehorchen. Eine Warnung, die ich ernst nehmen solle, ansonsten ...«

»Ansonsten?«, wiederhole ich und sage: »Die spinnen doch total!«

»Ansonsten nehmen die sich Timmi noch mal vor! Du, ich muss Schluss machen. Meine Mutter ist gerade nach Hause gekommen.«

»Viel Glück.«

Die arme Hanna! Es muss etwas geschehen!

Das Telefon klingelt schon wieder. Diesmal ist es Anuschka. Da sie unter absolutem *Wohnungskoller* leidet, endlich gesund ist, morgen wieder in die Schule kommt und jetzt unbedingt *rausmuss*, schafft sie es, mich zu überreden, dass wir uns im Eiscafé im Park treffen. Ich soll den ganzen Schulkram mitbringen und ihr alles zeigen, was sie während ihrer Krankheit versäumt hat. Dafür will sie mich zum Eis einladen.

»Fein, dann bis gleich.«

Nachdem wir aufgelegt haben, versuche ich nicht daran zu denken, dass ich Bazille wieder über den Weg laufen könnte. Ich kann mich ja auch nicht für den Rest meines Lebens hier in meinem Zimmer verkriechen.

Kapitel 8

in dem ich ein Gespräch belausche
und mein Rucksack spurlos verschwindet

Ich hab Mama Bescheid gesagt, die Schulsachen zusammengesucht, in meinen Rucksack gestopft, dann bin ich los. Mit dem Fahrrad, um keine Zeit zu verlieren.

Ich will nicht daran denken, dass Bazille auch ein Rad hat. Ich will überhaupt nicht an ihn denken. Schade, dass ich ihn nicht winzig klein zaubern und für immer in einen Käfig sperren kann.

Ich fahre durch die vertrauten Straßen, holpere über das Kopfsteinpflaster, bin endlich auf dem Radweg, der mich direkt durch den Park zum

Eiscafé führt. Und für einen Moment ist alles wie früher. Als ich noch ohne Angst zu haben, ohne dieses Gefühl, gleich passiert wieder etwas, durch die Gegend gefahren bin.

Auf der großen Liegewiese sehe ich Torsten, Ulli, Olav und ein paar andere aus unserer Klasse Ball spielen. Torsten und ich winken uns zu.

Viele Leute liegen platt, als wären sie festgeklebt, auf ihren Handtüchern und bräunen sich. Am Brunnen trinkt ein durstiger Hund Wasser. Ein kleines Mädchen versucht auf dem Schotterweg Rad zu fahren, kippt immer wieder um, lacht dabei. Die Sonne scheint.

Und da ist auch Anuschka. Sie ist ebenfalls mit dem Rad gekommen und schließt es gerade an dem Ständer bei dem Eiscafé an. Als sie mich sieht, winkt sie.

Das Eiscafé befindet sich in einem ehemaligen Klohäuschen. Wirklich wahr! Zum Glück erinnern nur noch ein paar vergilbte Fotos, die drinnen gerahmt an der Wand hängen, an die anrüchige Vergangenheit des Hauses.

Ich bremse haarscharf, genau zwei Zentimeter vor Anuschkas Füßen, und wirble Staub auf. So als wäre ich hier mit einem Pferd angetrabt gekommen und nicht mit einem Rad.

»Na, du«, sagt sie und lacht. »Mensch, haben wir uns lange nicht gesehen.«

»Na, du«, sage ich auch, steige ab und küsse sie einmal links, einmal rechts auf die Wange.

Anuschka ist blasser als sonst im Sommer. Ihre Haare sind auch gewachsen, reichen ihr jetzt bis zu den Schultern.

Sie stemmt ihre Hände in die Hüfte, atmet tief ein und sagt: »Endlich Frischluft. Ich schwöre, ich werde nie wieder Lungenentzündung haben! Kampf allen Viren und Bakterien. Nie wieder Tee, Brustwickel und eklige Tabletten!«

Wir lachen. Sie zieht die Nase kraus und schnuppert wie ein Kaninchen. »Charlie, endlich bin ich wieder draußen! Du kannst dir nicht vorstellen, wie eingesperrt ich mich gefühlt habe. Komm, jetzt lade ich dich ein und wir feiern meine Gesundheit und Freiheit mit einem Eis.«

Eingehakt biegen wir um die Ecke des Häuschens. »Wie immer, Himbeere und Pistazie?«, fragt sie.

Ich kann nicht antworten, denn etwas verschlägt mir die Sprache.

An einem der vier kleinen Tische, die auf der schmalen Terrasse des Cafés direkt vor dem Eingang stehen, hocken Frank und Bazille zusammen. Was haben die bloß miteinander zu schaffen?

»Psst«, zische ich. »Nicht so laut!«

»Was ist denn los?« Anuschka sieht mich verwundert an.

Ich deute mit einer Kopfbewegung auf Bazille, den Anuschka natürlich auch vom Schulhof her kennt. Ich flüstere: »Da ist Lillis neuer Freund mit Du-weißt-schon ...«

Frank sitzt links von einem riesigen, rosa blühenden Oleander im Tonkübel, praktischerweise halb mit dem Rücken zu uns. Der Tisch rechts vom Oleander ist frei.

Natürlich setzte ich mich dorthin, drehe mich aber zur Seite, sodass Frank mich nicht sehen kann. Hoffentlich bemerkt Bazille mich nicht. Mein Herz hämmert.

In meinem Rucksack ist ein rotes Tuch mit weißen Punkten, das binde ich mir in die Haare. Keine perfekte Tarnung, aber vielleicht macht so eine kleine Veränderung etwas aus. Und wenn die große Frau in ihrem geblümten Kleid weiter hinten aufhört, so laut zu lachen, kann ich bestimmt verstehen, was Frank und Bazille miteinander zu besprechen haben.

Anuschka fragt noch einmal: »Also, was ist jetzt: Pistazie und Himbeere, wie immer?« Ich nicke. Sie geht ein paar Schritte und fällt plötzlich beinah auf die Nase. Frank hat nämlich seine Beine lässig ausgestreckt und Anuschka ist darüber gestolpert. Die beiden entschuldigen sich höflich beieinander. Dann verschwindet Anuschka im Café. Und ich kann endlich lauschen.

Bazille sagt zu Frank: »Hey, du musst uns helfen, echt. Ehrlich Mann, wir brauchen dich. Du hast da auch viel mehr Erfahrung. Es gibt keinen Besseren!«

Frank lacht geschmeichelt. Meine Güte, wie eingebildet der ist. Selbstverständlich hält er sich selber auch für den Besten. Mich würde mal interessieren, was Bazille eigentlich mit Franks Hilfe vorhat?

Jetzt murmeln sie so leise, dass ich nur ein paar Satzfetzen verstehe, die keinen Sinn ergeben: »... keine Rücksicht mehr ... von hinten kommen, unberechenbar ... zugreifen!«

Bazille spricht leider viel zu leise für mich.

Frank dagegen redet jetzt mit ziemlich strenger, lauter Stimme: »Warten wir mal ab. Weißt du, was mir in letzter Zeit aufgefallen ist?«

Bazille: »Nö, keinen blassen Schimmer.«

Frank sagt: »Du bist immer noch viel zu nachlässig ...«

Bazilles Antwort kann ich nicht verstehen, nur ein »Klar, Mann ...«

Ihr Gespräch wird wieder leiser, dann höre ich Franks Stimme: »... alles genauso machen wie besprochen, dann kann nichts schiefgehen.«

Obwohl es sommerlich warm ist, bekomme ich eine Gänsehaut. Was hat Frank vor? Will er aus Bazille einen Profi-Gangster machen?

Ich finde, dass Bazille das eine Ziel bereits erreicht hat. Er ist unberechenbar. Was er von Frank will, ist klar für mich. Bazille bewundert Frank, will von ihm anscheinend noch eine Menge lernen.

Vielleicht ist Frank ein richtiger Einbrecher oder ein Hehler? Sein Laden bietet ja eine gute Tarnung. Aber was will er von Bazille? Benutzt er ihn, um Diebesgut weiterzuverkaufen, vielleicht als eine Art Laufbursche?

Frank redet weiter, jetzt wieder etwas freundlicher im Tonfall und lauter: »Keine Sorge, ich werde euch helfen. Obwohl ich zurzeit einiges um die Ohren habe. Versprochen! Wir müssen bloß auf den geeigneten Moment warten. Und dann hauen wir so richtig rein!«

Na, großartig. Da hat Lilli sich ja einen echt tollen Typen zugelegt. Einen, der mit einem Jungen, der sich für ganz groß hält, miese Geschäfte macht! Und irgendwo so richtig reinhauen will!

Das kann doch nicht wahr sein. Lilli muss das unbedingt erfahren. Was mir noch fehlt, sind allerdings Beweise. Unbedingt. Ich fürchte, Lilli ist leider so verliebt, dass sie mir wahrscheinlich kein Wort von dem glauben wird, was ich eben gehört habe.

Aber eigentlich habe ich auch genug gehört. Die planen da irgendein krummes Ding! Frank scheint so eine Art Obergauner zu sein, der Bazille mit nützlichen Ratschlägen versorgt. Das ist ja klar wie Kloßbrühe (das sagt die Eule immer.) Was hätten die beiden auch sonst miteinander zu schaffen?

Was, ihr wollt uns kein Geld geben? Dann füttern wir euch eben so lange mit Sand, bis ihr zahlt. Oder wie bei Hanna. Was, du willst nicht noch mehr zahlen? Einfach rangehen. Zack, werden die Zöpfe abgeschnitten.

Bazille murmelt etwas Unverständliches. Wahrscheinlich findet er, sein Erfolg als Straßen-Schulhofräuber wäre bereits groß genug.

Die Stühle scharren. Ich linse vorsichtig zwischen den Oleanderzweigen durch. Frank und Bazille sind aufgestanden. In dem Moment kommt Anuschka zurück, balanciert zwei Eisbecher in den Händen.

Wieder Franks Stimme – überfreundlich für Anuschka: »Diesmal habe ich meine Beine rechtzeitig eingezogen!«

Anuschka lacht. Die soll sich bloß nicht einwickeln lassen. Was für eine billige Tour, sich bei meiner Freundin einzuschleimen, während er hier in aller Öffentlichkeit mit diesem Miststück von Bazille den nächsten Coup plant.

Obwohl ich versuche mich zwischen den Oleanderzweigen zu verbergen, hat Frank mich jetzt entdeckt: »Ach Charlie, hallo, ich hab dich gar nicht gesehen. Lass es dir schmecken.«

Ich nicke und merke, wie ich wieder einmal rot im Gesicht werde. Hoffentlich ist ihm nicht klar, dass ich das ganze Gespräch belauscht habe.

Man weiß ja, wie gefährlich Zeugen leben.

Frank kommt an meinen Tisch und sagt: »Siehst du Lilli heute noch? Dann sag ihr doch einen lieben Gruß und dass ich sie heute Abend noch anrufe. Jetzt muss ich noch mit den Jungs hier Basketball spielen gehen.« Das sagt er mit einer Kopfbewegung zu Bazille hin.

Ja klar, und im Himmel ist Jahrmarkt. Tut der scheinheilig! Das kann er seiner Großmutter erzählen. Ist doch eh alles bloß perfekte Tarnung. Mir braucht er da nichts vorzumachen. Trotzdem eine interessante Erklärung. Aber ich falle nicht darauf herein. Ich bin nicht seine Lilli!

Und Bazille sieht mich mit seinen hellen, glitzernden Augen ungerührt an. Ihm ist nicht anzumerken, dass wir uns schon jemals zuvor begegnet sind. Der Junge ist wirklich eiskalt.

Die beiden verlassen jetzt Schulter an Schulter das Café. Unterwegs zum nächsten krummen Geschäft. Na, die werden sich noch wundern!

Anuschka stellt die Eisbecher ab. »Du machst ein Gesicht, als wäre dir übel.«

»Ich habe gerade was Unglaubliches gehört!«

Schnell erzähle ich Anuschka alles, was ich belauscht habe. Während wir das Eis löffeln, berichte ich auch noch von Hannas abgeschnittenen Zöpfen.

Anuschka hört mir gebannt zu. »Mensch, das ist ja ein dickes Ei.«

Ich sage: »Wir müssen Frank beschatten. Irgendetwas hat der vor, und das müssen wir herausfinden.«

»Ja, und die Halstuchbande auch. Die stecken doch unter einer Decke. Wir werden es wie echte Detektive machen!«, sagt Anuschka.

»Genau! Wir werden sogar Meisterdetektive!«

»Meisterdetektivinnen!«

Wir lachen und sind viel zu aufgeregt, um uns jetzt um die Schulsachen zu kümmern. Wir werden das Blatt wenden. Und mit den anderen aus der Klasse werden wir gemeinsam einen Plan aushecken.

Meine Schulhefte steckt Anuschka ein. Zu Hause kann sie ja auch alles nachtragen. Nachdem sie gezahlt hat, fahren wir noch ein wenig durch die Gegend. Keine Spur von Frank, Bazille und den anderen. Nun ja, sie werden wohl auch kaum am hellen Tag vor unseren Augen ein Auto knacken.

Als Anuschka und ich uns verabschieden, ist es schon früher Abend.

Vor meiner Haustür stelle ich den schweren

Rucksack auf dem Bordstein ab, nehme den Schlüssel heraus, schließe die Haustür auf und schiebe das Rad in den Hausflur. Fünf Sekunden dauert das, höchstens. Als ich aber den Rucksack holen möchte, ist er weg.

Spurlos verschwunden.

Kapitel 9

in dem ich einen Erpresserbrief bekomme

Ich stehe auf dem Bürgersteig und reibe meine Augen. Aber der Rucksack bleibt verschwunden, als hätte es ihn nie gegeben. An der Stelle auf dem Boden, wo er gestanden hat, liegt jetzt bloß eine zerknüllte Schokoriegelverpackung.

Das darf doch nicht wahr sein. Aber der Rucksack ist weg. Mit ihm verschwunden sind auch drei Schulbücher, mein blauer Lieblingsfüller, mein roter Lieblingskuli sowie mein rotes Federmäppchen, mein Büchereiausweis und – mir wird ganz heiß, als mir das einfällt – auch mein Impfpass. Dummerweise habe ich vergessen ihn herauszunehmen, als wir ihn neulich mit in die Schule bringen sollten. Die Kraft sagt immer, so ein Dokument wie den Impfpass soll man hüten ... Zum Glück hat Hanna wenigstens meine Hefte.

Trotzdem – so ein Mist! Ich bin sauer auf den Dieb. Und ich will meinen Rucksack wiederhaben.

Im Schaufenster vom Elektro-Schiller ist auf drei Flachbildschirmen gleichzeitig eine dralle Blondine zu sehen. Sie ist gerade damit beschäftigt, Nudeln zu kochen. Ich koche auch, aber vor Wut. Ich strecke ihr die Zunge heraus, sie lächelt und gießt die dampfenden Nudeln in ein Sieb.

Ich setze mich für ein paar Minuten auf die Treppenstufen und versuche, nicht zu weinen, aber ein paar Tränen laufen mir doch über die Wangen.

Dann gehe ich schnell hoch und erzähle es gleich Mama. Natürlich wird sie sauer. Warum ich denn den Rucksack nicht auf dem Rücken getragen habe, als ich das Rad in den Hausflur geschoben habe, fragt sie immer wieder. So, als würde er davon wieder auftauchen. Das mit dem Impfpass verschweige ich lieber. Zum Glück ruft genau jetzt mal wieder Lilli an und ich kann in mein Zimmer gehen.

Eine halbe Stunde später telefoniert Mama immer noch mit Lilli. »Lilli, lass uns doch morgen noch mal sprechen. Ruf jetzt lieber die Versicherung an, okay?«, sagt sie, während sie mir ein

Küsschen durch die Luft zuwirft. »Und sieh es mal so: Um den schönen alten Spiegel ist es zwar schade, aber wenn du ihn wirklich so mochtest, hättest du ihn ja auch nicht in den Keller stellen dürfen.«

Was ist denn da passiert?

Ich setze mich aufs Sofa und warte neugierig.

Endlich legt Mama auf und setzt sich neben mich. »Charlie, stell dir vor, bei Lilli im Keller gab es einen Riesenwasserschaden, alles ist hin!«

»Was stand denn da«, frage ich, »außer diesem ollen Spiegel?«

Mama runzelt die Stirn. »Das war kein oller Spiegel, der hat mal Tante Hedwig gehört, echt Jugendstil. Richtig wertvoll war der – und schön. Ich weiß nicht, warum sie den nicht in der Wohnung aufgehängt hat. Angeblich war er zu groß. Außer dem Spiegel standen noch ein paar andere alte Möbel da unten – alles komplett versaut.« Mama sagt, Lilli hätte den Wasserschaden nur bemerkt, weil Frank dort etwas vorübergehend lagern wollte. Angeblich ist sein Keller oder Lager voll oder rattenverseucht, keine Ahnung. Auch wieder ein bisschen verdächtig.

Die arme Lilli. Mama sagt, Lilli wird von der Versicherung etwas Geld bekommen, aber der Spiegel war auch ein Erinnerungsstück an die gute Tante Hedwig – Lillis Lieblingstante – und so etwas kann man nicht mit Geld ersetzen.

Mama und ich essen auf dem Balkon Abendbrot. Papa wird erst später kommen, weil er ja schon heute Mittag bei uns war.

Mama tut es anscheinend leid, dass sie mich vorhin so angefahren hat. Sie ist sehr lieb und entschuldigt sich sogar bei mir. »Weißt du«, sagt sie, »ich bin im Augenblick wirklich etwas gestresst. Vielleicht war das mit meiner Kündigung ja doch etwas voreilig.«

Mama erzählt. Sie war am Nachmittag beim Arbeitsamt, da haben sie ihr geraten, in die Zeitungen zu schauen. Hat sie ja längst getan, es war aber nichts für sie drin. Boutiquen würden ihre Verkäuferin eher über Annoncen oder Aushänge suchen als übers Arbeitsamt. Ich versuche sie zu trösten. »Du bist doch die beste Kleiderverkäuferin, die ich kenne«, sage ich. »Von dir würde ich sogar ein Rüschenkleid mit Schleifen kaufen.« Das ist natürlich glatt gelogen, aber wenn Mama so traurig guckt, darf man doch auch mal lügen, oder?

Am nächsten Morgen haben wir alle verschlafen. Ich muss mich total beeilen und hetze, ohne etwas gefrühstückt zu haben, in den Hausflur. Aber was ist das?

Auf unserem Fußabtreter liegt ein weißer, rechteckiger Umschlag. Er ist mit krakeliger Schrift an mich adressiert. Eine Briefmarke und ein Absender fehlen. Ich klaube den Umschlag vom Boden und reiße ihn auf. Und dann halte ich so einen Brief in den Händen, wie ich sie nur aus dem Fernsehen kenne. Einen Brief, der nicht handgeschrieben ist, sondern aus ausgeschnittenen, aufgeklebten Worten von verschiedenen Zeitungsartikeln besteht.

»*Charlie*« steht dort.

»*Charlie, Kohle her für …*« Und dann haben sie ein Foto von einem Rucksack ausgeschnitten und aufgeklebt.

»*50 Euro in weißer Plastiktüte, diese in Mülleimer beim Park-Eiscafé legen. Heute um 15 Uhr. Fürchte dich, wenn nicht.*«

Ein gemaltes grünes Halstuch ersetzt die Unterschrift.

Die spinnen ja wohl total. Woher soll ich bitte fünfzig Euro nehmen?

Was soll ich jetzt bloß machen?

Ich falle fast über meine eigenen Füße, als ich die Treppen hinuntergehe.

Vor der Haustür stehen Hanna und Timmi. Verwirrt wie ich bin, habe ich Hanna mit den kurzen Haaren fast nicht erkannt.

»Toller Haarschnitt, was«, sagt sie und grinst. Sie streicht sich über ihre Haare, die über den Ohren stufig geschnitten sind. »Meine Mutter hat es noch ein wenig in Form gebracht. Sie hat gesagt, sie mochte früher ihre langen Haare auch nicht.«

»Steht dir gut«, sage ich.

Timmi kräht: »Rattenkurz sind die doch, und das sieht komisch aus!«

»Hör nicht auf ihn, es sieht witzig aus«, sage ich. Und das finde ich wirklich. Außerdem wachsen Haare schließlich wieder nach.

Wir gehen los und ich zeige Hanna den Brief.

Sie liest ihn und schlägt vor, ich solle nur zum Schein drauf eingehen.

»Warum, wie meinst du denn das?«

»Na ja, ich denke, du solltest nicht das Geld zahlen, sondern bloß eine Tüte im Mülleimer deponieren. Wir legen uns dann im Park auf die Lauer und dann schnappen wir ihn uns!«

»Wen schnappt ihr euch?«, hören wir plötzlich Anuschka fragen. Sie ist in diesem Moment neben uns aufgetaucht. Während wir gemeinsam über die Straße gehen, sagt sie: »Du musst Hanna sein.«

»So ist es. Und du musst Anuschka sein.«

Hanna und Anuschka lächeln sich an.

Timmi ruft, er sei Timmi. Wahrscheinlich ist er beleidigt, weil sich niemand weiter um ihn kümmert. Ich versuche Anuschka alles zu erzählen, gebe es aber wieder auf, weil Timmi dazwischenquasselt, er sei der Rächer der Zöpfe und werde sie alle plattmachen. Mittlerweile sind wir auf dem Schulhof angelangt. Es läutet gerade zum ersten Mal und wir gehen gleich ins Schulgebäude.

Aus den Augenwinkeln sehe ich, wie Yvo angeradelt kommt. Sie schaut mich nicht an und ich sehe schnell woanders hin. Dabei bemerke ich erst die leeren Tischtennisplatten. Keine Halstuchbande weit und breit.

Im ersten Stock kreuzt Hausmeister Albrecht unseren Weg. Äußerst schlechte Laune hat er. Auf unser »Guten Morgen« brummt er bloß etwas Unverständliches und guckt uns ganz anders als sonst an, ohne ein Lächeln, richtig unfreundlich.

Im Klassenraum klärt uns Ralfi darüber auf, warum Albrecht so miese Laune hat. Während Ralfi wie jeden Morgen bei der Bäckerei Albrecht Brötchen kaufte, erzählte ihm die Bäckerin, die Albrechts Schwester ist, dass gestern in Albrechts Mercedes eingebrochen worden sei. Der Mercedes ist zwar uralt, aber sein ganzer Stolz. Und nun ist die Fahrertür aufgebrochen und die Mini-Stereoanlage, Albrechts Herrenhandtasche, seine Sonnenbrille und ein Handy sind geklaut worden. Interessant, was ein Hausmeister so alles in seinem Auto bunkert.

Nach und nach trudeln auch die anderen ein. Immer wieder muss Hanna erklären, was sie mit ihren Haaren gemacht hat. Gerüchte über Bazille und seine Bande wabern durch den Raum. Jeder hat etwas gehört. Bazille sei angeblich nachts auf dem Schulparkplatz gesichtet worden, wie er sich an Albrechts Auto zu schaffen gemacht habe. Torsten sagt zu mir: »Wenn ihn dabei wirklich jemand gesehen hat, ist das aber komisch, dass derjenige nichts unternommen hat, die Polizei gerufen hat oder so.«

Wir reden und reden. Eigentlich das erste Mal, seitdem die Halstuchbande an der Macht ist.

Wir haben heute auch anscheinend Zeit ohne Ende. Der Kunstmensch Herr Blume taucht einfach nicht auf. Er kommt eigentlich nie zu spät und ist darauf auch sehr stolz. Deshalb wundern wir uns allmählich, wo er bleibt. Endlich rauscht Blume mit zwanzigminütiger Verspätung in den Raum. Wie immer trägt er einen weißen Kittel. Um seine Kleidung bei seinen Bildhauer-Arbeiten zu schützen, behauptet er. Ich finde es ein bisschen albern, weil er ja nicht ständig damit beschäftigt ist, etwas in Stein zu meißeln. Er sieht mit dem Kittel ein bisschen wie ein Arzt aus.

»Herrschaften, ich bin zu spät, aber ihr werdet es nicht glauben, was mir passiert ist!«, ruft Blume und knallt seinen riesigen Schlüsselbund aufs Lehrerpult.

»Was ist Ihnen denn passiert?«, fragt Robbi interessiert.

Blume setzt sich schnaufend auf das Pult und fährt sich durch die Haare, wodurch diese nun endgültig strubbelig nach oben abstehen.

»Ich hatte zwei platte Reifen, aber nur einen Ersatzreifen«, erzählt er. »Und das Auto stand mitten auf einer Kreuzung. Kinder, Kinder!« Aufgebracht fährt er sich über die Stirn und schnauft noch einmal theatralisch. »Endlich hat sich ein Taxifahrer meiner erbarmt und mich abgeschleppt. Ich bitte meine Verspätung zu entschuldigen!« Er lächelt.

»Angenommen!«, ruft Torsten und dreht sich zu mir. Wir lächeln uns an. Wir beide mögen den Blume gern. Während ich Torsten in die Augen sehe, fällt mir zum ersten Mal auf, dass er so kleine bernsteinfarbene Pünktchen rings um die Iris hat. Das sieht schön aus.

Ich schaue aus dem Fenster. Und sehe sie alle an der Tischtennisplatte stehen: Bazille, Yvo, die Rothaarige, den dünnen Jungen und den anderen. Anscheinend haben sie eine Freistunde. Es sieht aus, als ob sie sich zanken, denn die Rothaarige schüttelt immer wieder den Kopf, während Bazille nah an sie herantritt und drohend die Hand hebt.

Blume klatscht in die Hände. »Charlotte, es wäre nett von dir, wenn du uns wieder deine Aufmerksamkeit schenken könntest. Die Stunde ist noch nicht vorbei!«

Ertappt zucke ich zusammen.

Zu gerne würde ich wissen, was die Halstuchbande unten auf dem Hof gerade bespricht.

Kapitel 10

in dem wir uns wehren wollen
und Anuschka eifersüchtig ist

Eigentlich ist jetzt große Pause. Hanna und ich versuchen aber, ein paar aus der Klasse zusammenzutrommeln. Wir wollen uns auf dem Mädchenklo im zweiten Stock zu einer geheimen Besprechung über die Halstuchbande treffen. Dort sind wir ungestört, denn dieses Klo kontrollieren die Lehrer so gut wie nie. Eigentlich ist es den Schülern nämlich verboten, in der großen Pause im Gebäude zu bleiben. Es sei denn, es weht ein Orkan!

Ralfi, Robbi und Ulli zieren sich, als müssten

sie Rüschenkleider tragen. »Wo sollen wir hinkommen?! Aufs Mädchenklo, nö!«

Es dauert eine Weile, bis wir sie so weit haben. Kostbare Zeit. Erst als Torsten sagt, sie sollten sich mal nicht so anstellen, es gäbe Wichtiges zu klären, sind sie endlich bereit zu kommen.

»Danke«, sage ich zu Torsten. Auf ihn ist eben echt Verlass.

Hanna und ich sitzen auf dem Fensterbrett über der Heizung. Die anderen – so viele sind es nicht – stehen an die Klotüren oder an die Wand gelehnt. Vanessa und Anhang sind da, genau wie Anuschka und eben die Jungen. Mehr sind nicht gekommen, andererseits sind ja auch die anderen nicht betroffen – noch nicht.

»Geht's endlich los?«, ruft Ralfi.

»Genau, wir vertrödeln hier kostbare Zeit!«, ruft Robbi. Wahrscheinlich würde er jetzt lieber draußen Fußball spielen.

Ich fange an: »Ich wollte mit euch über Bazille und die Halstuchbande sprechen. Wir haben es doch alle satt, unter ihnen zu leiden!«

»Mich erwischen die sowieso nicht!«, ruft Robbi.

»Tja, du bist eben unsere Rennmaus«, sagt Anuschka spöttisch.

»Wie nennst du mich?«, kreischt Robbi.

Alle lachen.

»Bitte!«, rufe ich, »hört mir doch zu. Wir haben hier wirklich ein Problem. Und wir sind eben nicht alle so schnell wie Robbi. Wir müssen uns überlegen, wie wir uns gegen die Halstuchbande wehren können.«

»Ja, aber sie sind viel stärker als wir. Wenn wir zahlen, haben wir unsere Ruhe«, wirft Ralfi ein.

Vanessa nickt.

»Aber das ist doch blöd!«, rufe ich. »Die kommen doch immer wieder. Hanna haben sie gestern die Zöpfe abgeschnitten und mir meinen Rucksack geklaut. Heute Morgen lag ein Erpresserbrief vor meiner Wohnungstür.« Zum Beweis halte ich das gute Stück hoch. Es wandert von Hand zu Hand.

Alle begutachten ihn vorsichtig, als wäre da zwischen den Worten noch etwas anderes verborgen.

Hanna sagt: »So kann das echt nicht weitergehen! Wir können uns das nicht mehr länger gefallen lassen!«

Und Torsten hakt ein: »Ich finde auch, es wird Zeit, dass wir damit aufhören, ihnen unser Taschengeld in den Rachen zu schmeißen.«

Jetzt klettert Anuschka aufs Fensterbrett. »Halt, halt«, ruft sie. »Ich meine, wir sollten nichts überstürzen. Ich bin zwar kein Bazille-Opfer, vielleicht weil ich ein paar Wochen krank war … Und ich habe auch noch meine Haare.« Wie zum Beweis hält Anuschka ihre blonden, schulterlangen Haare hoch, während Hanna sich über ihren kurzgeschorenen Kopf fährt. »Aber«, fährt Anuschka fort, »ich habe ja alles mitbekommen. Und ich denke, wir müssen vorsichtig sein. Schließlich ist Bazille älter und stärker als wir und die anderen aus der Bande auch. Vielleicht sollten wir einfach zur Kraft, dem Blume oder unseren Eltern gehen und ihnen alles erzählen.«

»Nein!«, ruft Torsten, »wir schaffen das selber. Wie soll uns denn die Kraft helfen? Unsere Eltern sagen doch auch nur, wir sollen das untereinander klären.«

Ich sage: »Genau, und wir können das auch schaffen. Es ist nämlich wie bei den Nudeln: Eine Nudel bricht, aber viele zusammen brechen nicht so leicht.«

Anuschka steht mit verschränkten Armen da und beißt sich auf die Lippe.

Hanna sagt laut: »Ich finde, wir haben uns echt genug gefallen lassen! Wir sollten dem guten Bazille eine Falle stellen! Charlie könnte heute Nachmittag nur zum Schein zahlen, damit er denkt, alles läuft bestens.«

»Genau«, sagt Torsten. »Und wenn er meint, dass er das Geld einfach so abholen kann, kommen wir aus unseren Verstecken gelaufen und überwältigen ihn.«

Anuschka schüttelt den Kopf, so als wäre sie anderer Meinung.

Ulli ruft: »Ich könnte vielleicht das Handy meiner Mutter mitnehmen und das Ganze filmen. Dann hätten wir auch gleich einen Beweis.«

»Dann bist du also dabei?«, frage ich und Ulli nickt. Torsten stößt Ralfi an: »Und was ist mit dir?«

Ralfi zögert, dann sagt auch er zu.

Natürlich muss ich dann genau erzählen, wo im Park die Geldübergabe sein soll. Und wo man sich dort am besten verstecken kann.

Ich bin nervös. Hoffentlich tauchen die Jungen nachher wirklich auf.

Plötzlich geht die Tür auf und Hausmeister Albrecht schaut missmutig herein. »Was macht ihr denn alle hier? Ihr sollt auf dem Hof sein und nicht auf der Mädchentoilette«, sagt er und schaut besonders die Jungen streng an.

»Wir hatten etwas Wichtiges zu besprechen«, antworte ich ihm.

»Etwas streng Geheimes«, erklärt Torsten.

»Wenn ich euch hier noch mal erwische, bekommt ihr auf jeden Fall streng geheimen Ärger mit mir«, brummt Albrecht. »Nichts wie raus mit euch. Der Unterricht geht gleich weiter.«

Da läutet es auch schon. Wir kommen gerade noch rechtzeitig ins Klassenzimmer zurück. Frau

Kraft hat mehrere Schautafeln aufgehängt. Wir reden über Sumpfpflanzen und Teichbewohner, Frösche, Mücken und Libellen. Aber meine Gedanken schweifen immer wieder zu heute Nachmittag. Und schon bummert mein Herz aufgeregt. Mein Magen fühlt sich an, als hätte ich etwas Schlechtes gegessen. In der letzten Stunde haben wir zum Glück Sport. Das lenkt mich ab. Wir üben heute Hundertmeterlauf und schwitzen dabei nicht schlecht.

Inzwischen ist es nämlich richtig warm, nein, sogar heiß geworden. Bestes Freibadwetter. Aber wir müssen wieder und wieder laufen und laufen. Frau Töpfer misst die Zeit und lässt uns zum Schluss zu zweit rennen.

Startschuss. Vanessa und ich sind gleich schnell, auf die Sekunde genau: 15,9.

Dann sind Anuschka und Hanna an der Reihe. Erst mal legen sie einen Fehlstart hin. Doch dann klappt es, und sie scheinen sogar gleich zu sein, aber dann zieht Hanna noch einmal an und gewinnt den Lauf. Sie ist ganze zwei Sekunden schneller!

Wahrscheinlich ist Anuschka noch nicht wieder in Form, wegen ihrer Krankheit. Aber sie scheint sich zu ärgern. Denn sie guckt Hanna grimmig an, ohne jedes Lächeln.

So kenne ich Anuschka gar nicht.

Auf dem Nachhauseweg hat sie sich dann wieder etwas gefangen. Zumindest überlegen wir zu dritt, dass ich nur ein Blatt Papier in die Tüte legen werde. Auf dem Papier wird Folgendes stehen: »Bazille, dieses Blatt hier ist das Einzige, was Du von uns bekommst! Gib den Rucksack zurück oder wir zeigen Dich an! Du wurdest gefilmt …«

»Und wenn er im Papierkorb rumkramt und die Tüte herausnimmt«, sagt Hanna, »müssen wir ihn wirklich dabei filmen. Ihm soll klar sein, dass wir etwas gegen ihn in der Hand haben.«

Anuschka sagt spöttisch: »Ich will euch ja nicht eure Träume nehmen, aber was sagt denn so ein Film schon aus? Man wird bloß einen Jungen sehen, der eine weiße Tüte aus dem Mülleimer fischt.« Sie zuckt mit den Schultern.

»Wir filmen vorher den Erpresserbrief und dann unseren Brief – und wie wir ihn in die Tüte stecken und Bazilles Reaktion«, sagt Hanna.

Anuschka ist immer noch nicht überzeugt. Und Hanna muss nach Hause gehen. Wir werden uns zu dritt um halb drei vor meiner Haustür treffen und gemeinsam in den Park radeln. Hanna kennt sich ja noch nicht so gut aus.

Dann merke ich, dass ich heute Morgen meinen Schlüssel vergessen habe. Zum Glück war der gestern wenigstens nicht im Rucksack, sondern in meiner Hand. Ich frage Anuschka, ob ich mit zu ihr kommen kann.

Sie ist einverstanden, aber den ganzen Weg über spricht sie kaum mit mir. Auf meine Fragen antwortet sie immer nur mit Ja oder Nein. Bis es mir schließlich reicht. »Sag mal, was ist eigentlich mit dir los? Bist du sauer?«, fahre ich sie gereizt an.

Sie zuckt schon wieder nur die Schultern. Ich warte. Stumm gehen wir bis zu ihrem Haus. Schweigsam sind wir auch im Treppenhaus. Sie schließt die Wohnungstür auf.

»Willst du Eistee?«, fragt sie schließlich.

Ich nicke und gehe auf den Balkon. Wie immer sitzen wir dann dort zwischen den rosa blühenden Petunien und dem blauen Männertreu, trinken Eistee mit frischer Zitrone.

Falsch, es sieht bloß aus wie immer.

Anuschka guckt auf den Tisch, sieht mich nicht an.

»Nun sag schon, was ist denn los?« Ich nehme mir vor, sie nicht noch einmal zu fragen. Wenn sie jetzt nichts sagt, stehe ich auf und gehe.

Obwohl ich das eigentlich gar nicht möchte.

Anuschka schiebt ihr Glas hin und her. Der Tisch ist aus Marmor, das Glas quietscht.

»Na ja«, sagt sie schließlich und räuspert sich mehrmals. »Ich weiß nicht …«

»Was weißt du nicht?« Am liebsten würde ich sie schütteln. Mir schlottern die Beine vor Angst, weil ich nicht weiß, wie es danach wird. Sie lässt sich jedes Wort einzeln aus der Nase ziehen. Als wären ihre Worte tief verwurzelte Mohrrüben. Solche hab ich mal mühsam in Lillis Laubengarten in der *Glücksklee*-Kolonie geerntet.

»Es ist alles auf einmal so anders«, sagt sie schließlich, guckt mich immer noch nicht an. Starrt bloß unglücklich auf den Tisch.

»Was ist anders?«

»Seit ich wieder gesund bin …«

Eigentlich meint sie wohl, seitdem Hanna in unserer Klasse ist.

Wieder schiebt sie ihr Glas hin und her.

»Jetzt hör doch mal auf damit«, sage ich ärgerlich und halte ihre Hand fest. Komischerweise ist die ganz kalt.

»Du weißt doch, dass du meine allerbeste Freundin bist, oder?«, frage ich. Da schaut sie mich endlich an – und lächelt. Erleichtert.

»Ich war mir nicht mehr so sicher«, sagt sie leise. »Ich hatte Angst, dass du mich langweilig findest, jetzt wo es die mutige Hanna gibt – und weil ich eure Idee nicht gut finde. Ich meine, Bazille ist ziemlich stark. Wer sagt denn, dass er nachher alleine kommt? Bis jetzt war er doch immer zu feige, um etwas alleine durchzuziehen.«

»Vielleicht hast du ja recht, aber wenn wir alle zusammenhalten, haben wir doch eine Chance. Wir können uns doch nicht ewig alles von ihm gefallen lassen, oder?«

Anuschka legt ihre Hand auf meine. »Okay, das Wichtigste ist sowieso, dass wir beide zusammenhalten. Und ich komme nachher auch mit. Dir zuliebe. Auch wenn ich immer noch nicht dafür bin.«

Und dann läuft sie in ihr Zimmer und kommt mit einem kleinen Schlüssel zurück. Sie legt ihn in meine Hand und sagt: »Das ist der zweite Schlüssel von meinem Tagebuch, den sollst du haben. Immer wenn du möchtest, kannst du in meinem Tagebuch lesen. Das darf außer dir kein Mensch!«

Wir lächeln uns gerührt an – und ich finde es schade, dass ich nicht auch Tagebuch schreibe und deshalb keinen Schlüssel habe, den ich Anuschka geben kann.

Kapitel 11

in dem es anders läuft, als wir wollen

Anuschka, Hanna – vorsichtshalber ohne Timmi – und ich sind um fünf nach halb drei im Park. Nach und nach trudeln auch ein paar aus unserer Klasse ein. Torsten, Ulli und Robbi. Ulli hat tatsächlich an das Handy gedacht und filmt uns schon mal zur Probe. Er filmt auch den Brief und wie ich ihn mitsamt der Tüte im Papierkorb deponiere. Zum Glück kann man mit dem Handy keine Geräusche aufnehmen. Mein Herz bummert so laut, dass ich meine, alle müssten es hören.

Ich bin nervös. Jetzt müssten langsam auch mal

die anderen auftauchen, damit wir alle noch genug Zeit haben, uns passende Verstecke zu suchen. Schließlich können wir das Ganze vergessen, wenn wir hier noch länger gut sichtbar herumstehen wie in der großen Pause.

Die Jungen verteilen sich hinter Trauerweiden. Hanna und ich entscheiden uns für zwei Kastanien mit dicken Stämmen. Und Anuschka verbirgt sich zwischen einer großen Hecke mit Vogelbeeren und einer Birke. So haben wir das Eiscafé und den Papierkorb gut im Blick.

Es ist kurz vor drei.

Wo bleiben denn die anderen? Vanessa und ihr Anhang hat wohl doch gekniffen. Ich wäre jetzt aber auch lieber zu Hause.

Mir ist schlecht. Mein Magen grummelt, als wäre ein Darmvirus im Anmarsch. Meine Hände sind feucht, mein Mund ist trocken. Könnte ich mich doch einfach aufs Rad setzen und weit fortfahren.

Stattdessen hocke ich hier hinter dieser Kastanie und starre wie ein ängstliches Kaninchen auf den Weg. Gleich werden Bazille, vielleicht Yvo oder wer auch immer kommen, um meine Tüte abzuholen. Was werden sie machen, wenn sie merken, dass die Tüte leer ist?

Hanna wirft mir einen Blick zu und hält den Daumen hoch.

Vorhin habe ich noch überlegt, ob ich nicht doch Mama um das Geld bitten soll. Nur zur Sicherheit. Ich hätte dann behauptet, es wäre für Schulbücher. Aber ich hab es nicht getan. Obwohl ich Schiss davor habe, was Bazille machen wird, wenn er merkt, dass ich nicht gezahlt habe. Ob es nicht doch ein Fehler war, ihm auch noch diesen Brief zu schreiben? Aber jetzt ist es zu spät, um zum Papierkorb zu laufen und den Zettel wieder aus der Tüte zu holen.

Drei Uhr. Von Weitem hören wir die Kirchturmuhr schlagen.

Gleich geht's los.

Anuschka hat Probleme mit ihren Haaren, die haben sich in den Zweigen verfangen. Ich höre sie leise fluchen.

Wieder sind ein paar Minuten vergangen. Meine Beine schlafen ein. Es ist unbequem, so geduckt hinter dem Baum zu kauern. Ich bin jetzt so aufgeregt, dass ich bei jedem noch so leisen Blätterrauschen oder Hundegebell zusammenzucke, als wären die Geräusche so laut wie Silvesterböller.

Vanessa ist tatsächlich nicht gekommen, Ralfi auch nicht. Hätte ich mir ja fast denken können.

Seltsam, aber auch von Bazille ist weit und breit nichts zu sehen. Und auch die anderen aus der Halstuchbande lassen sich nicht blicken.

Was hat das denn nun wieder zu bedeuten? Vorsichtig schiebe ich meinen Kopf zur Seite und gucke nach rechts und links.

Nur ein kleiner rothaariger Junge schlendert langsam den Weg zum Eiscafé entlang. Seine Haare streicht er immer wieder mit einer Handbewegung aus dem Gesicht.

Bestimmt geht der sich jetzt ein Eis kaufen. Das einzig Richtige bei der Hitze heute. Wie lange sollen wir denn eigentlich noch hier sitzen? Schon komisch, dass keiner von dieser geldgierigen Bande sich hier blicken lässt. 50 Euro sind schließlich nicht zu verachten. Sie wissen ja nicht, dass ich das Geld nicht in die Tüte gelegt habe.

Jetzt bleibt der Junge stehen. Wahrscheinlich überlegt er, ob er lieber Erdbeer- oder Schokoeis nehmen soll. Nanu? Was macht er denn nun?

Er beugt sich über den Papierkorb und wühlt darin herum. Na ja, er schaufelt das Ganze nicht von oben nach unten. Das ist auch gar nicht nötig, in dem Mülleimer liegen außer meiner Tüte nämlich nur einige Eisverpackungen und eine leere Zigarettenschachtel.

Da, er hat meine Tüte in der Hand.

Der Junge blickt sich kurz um, klemmt sich die Tüte unter den Arm und will wieder gehen. Da stürzt sich Hanna auf ihn.

»Ich habe ihn!«, schreit sie. »Jetzt hab ich

dich!« Sie umklammert den Jungen, als habe sie ihn nach einer langen Verfolgungsjagd endlich erwischt. Dabei wehrt der sich gar nicht weiter.

Wir alle verlassen unsere Verstecke und laufen zu Hanna hin. Stellen uns in einem Kreis um den Jungen und Hanna herum.

Jetzt soll der mal auspacken. Der ist doch geschickt worden, um die Knete zu holen. Mittlerweile hat er dann doch angefangen, mit Armen und Beinen zu zappeln wie ein gefangener Käfer.

Vergeblich. Hannas Griff ist fest wie eine Stahlklammer. Auch Torsten hilft, seine Beine festzuhalten.

»Was wollt ihr denn von mir?«, keift der Junge wütend und versucht verzweifelt, seine Arme freizubekommen.

»Wo ist mein Rucksack?«, frage ich.

»Woher soll ich das denn wissen?«, antwortet der Junge, aber er grinst dabei unverschämt. »Ich kenn dich doch gar nicht. Was für ein Rucksack überhaupt? Spinnt ihr hier alle komplett?« Er guckt uns an, dreht seinen Kopf von rechts nach links und von links nach rechts. Grinst wieder.

»Was hast du denn in dem Papierkorb gesucht?«, frage ich.

»Leere Dosen«, behauptet der Junge prompt. »Mit dem Pfandgeld kann man sich ein Eis kaufen. Ich hab nicht so viel Taschengeld.«

»Und warum hast du dann diese Tüte genommen?«, will Hanna wissen.

Der Junge zuckt gleichgültig die Schultern. »Weiß ich auch nicht«, murmelt er. »Vielleicht weil keine Dosen da waren. He, was soll das hier überhaupt werden? Ist es vielleicht verboten, in Mülleimer zu gucken? Ihr müsst vielleicht keine Pfandflaschen sammeln, aber ich brauche das Geld!«

Während Hanna und Torsten den Jungen festhalten, beratschlagen wir anderen uns. Anuschka meint: »Wir müssen ihn freilassen. Wir haben ja nichts gegen ihn in der Hand.« Robbi und Ulli sind dagegen, ich bin dafür.

Als ein älterer Mann mit Schäferhund vorbeigeht, nutzt der Junge die Gelegenheit und kreischt: »Hilfe, ich werde hier gegen meinen Willen festgehalten.«

Der ältere Mann bleibt stehen und mustert uns misstrauisch. Sofort lockert Torsten seinen Griff ein wenig, nur Hanna hält den Jungen immer noch entschlossen umklammert, als könne er sich ansonsten einfach in Luft auflösen.

Der Junge schreit wieder: »Hilfe!«

Der Mann kommt auf uns zu. »He, was ist da los?«, ruft er. »Lasst sofort den kleinen Jungen los. Sonst kriegt ihr es mit mir zu tun! So was gibt es doch gar nicht! Sechs gegen einen! Schämt ihr euch nicht?«

Der Mann bleibt stehen, stützt die Arme in die Seiten und beobachtet uns. Der Hund zerrt an der Leine, knurrt und scheint sich gleich auf uns stürzen zu wollen. Plötzlich hab ich ein mulmiges Gefühl. Nicht auszudenken, was passiert, wenn er den Hund loslässt …

Was bleibt uns anderes übrig? Wir müssen den Jungen laufen lassen. Kaum haben Hanna und Torsten ihn losgelassen, flitzt der auch schon los, schlägt Haken wie ein Hase und ist schon bald im Dickicht der Büsche verschwunden.

Kein Bazille, kein Rucksack.

Niedergeschlagen stehen wir zusammen. Was jetzt?

Hanna murmelt: »So ein Mist, jetzt ist der Bengel uns durch die Lappen gegangen.«

Es ist nichts mehr zu spüren von der Aufbruchstimmung auf dem Mädchenklo. Und an meinen Rucksack will ich gar nicht denken, der ist bestimmt für immer verschwunden.

Zu allem Überfluss sehen wir von Weitem ein vertrautes Bild: Bazille auf seinem Rad. Er fährt wie immer in halsbrecherischem Tempo. Hüpft auf dem Sattel herum, als wäre sein Rad ein wilder, kaum zu bändigender Stier. Neu daran ist vielleicht, dass dieser kleine rothaarige Junge, der uns eben erst durch die Lappen gegangen ist, nun hinten auf dem Gepäckträger sitzt.

Also kennen sie sich doch! Also hat Bazille jetzt den Brief in der Tüte bekommen – und gelesen!

Bazille umklammert mit beiden Händen das Lenkrad und bremst haarscharf vor uns. Das Rad beschreibt noch einen Halbkreis, ehe es zum Stehen kommt. Der Junge fällt beinah kopfüber herunter, kann sich gerade noch an Bazilles Jeansjacke festhalten. Während Bazille auf seinem Sattel sitzen bleibt und seine schweren Stiefel an den Hacken aufstellt. Wieder dieses fiese Cowboygrinsen. Der Blick aus den kalten Augen. Das Halstuch viel zu eng um den Hals geschlungen.

Keiner sagt etwas.

Bazille fixiert mich, so als wären wir allein. Sagt schließlich in die Runde: »Ihr seid doch bloß kleine Fische! Uns interessiert was ganz anderes! Ihr könnt eure paar Kröten behalten!« Dann holt er den Brief aus seiner Jeansjackentasche und pfeffert ihn mir vor die Füße.

Der kleine Junge grinst. Und Bazille spuckt aus. Anders kann er wohl nicht sprechen. Lamas, fällt mir ein, spucken auch, wo sie gehen und stehen. Bazille das Lama mit den grünen, glitzernden Augen.

Die Spucke landet genau auf meiner Sandale und kriecht zwischen meine Zehen.

Ich könnte platzen vor Wut. Es ist mir in dem Moment egal, was passiert.

»Wenn du wüsstest, wie eklig und armselig du bist ...!«, sage ich und trete mit voller Wucht gegen seinen Fahrradreifen. Mein Herz hämmert. Ich muss tatsächlich übergeschnappt sein, aber mir reicht es. Bazilles blödes Westerngehabe ist zu albern. Der glaubt wohl, ihm gehört die Welt! Womöglich erwartet er noch Dankbarkeit von uns! Jetzt muss endlich Schluss sein mit dem Ganzen!

Bazille grinst bloß. Guckt fast so, als hätte ich ihm etwas Nettes gesagt – und dann radelt er einfach davon. Diesmal in einem etwas gemütlicheren Tempo als dem, in dem er angebraust gekommen ist. Wir sehen ihm nach. Er dreht sich nicht um, nur der kleine Junge blickt kurz zurück, dann legt er seine Arme um Bazilles Hüften.

»Charlie, das war eben ganz schön leichtsinnig«, sagt Torsten. »Ich hatte Angst, der klebt dir gleich eine.«

»Man kann sich aber nicht alles gefallen lassen«, sage ich und klinge mutiger, als ich mich fühle.

Kapitel 12

in dem wir uns einen Namen geben und ab sofort Detektive sind

Es freut mich irgendwie, dass Torsten sich Sorgen macht.

»Hast ja Recht«, murmle ich, während ich aus der Sandale schlüpfe und meinen Fuß trocken reibe. »Aber der wird sich wirklich noch wundern! Das war nämlich erst der Anfang!«

»Was hast du vor?«, fragt Anuschka und guckt sich auf Ullis Handy noch mal den kleinen Jungen an dem Mülleimer an. »Das war wahrscheinlich sein Bruder«, überlegt sie laut. »Die sehen sich ja total ähnlich.«

»Ist mir auch aufgefallen!«, ruft Ulli, der ihr über die Schulter geblickt hat. »Beide streichen sich immer so affig die Haare zurück.«

»Ist ja wie bei der Mafia«, sagt Hanna und kichert. »Da müssen auch schon die Kleinen ran und die Drecksarbeit für ihre Väter und Onkel erledigen. Der gute Bazille wird wohl langsam alt.«

»Ich bin nach wie vor dafür, das wir alle ab sofort nicht mehr zahlen«, sage ich. »Keinen einzigen Cent, auch wenn ich meinen schönen Rucksack nie wiederbekomme. Schließlich hat er ja gesagt, wir seien nur kleine Fische.«

Hanna lacht. »Ja, außerdem meinte er ja selber, sie würden unsere *paar Kröten* nicht brauchen.«

Anuschka, die nachdenklich vor sich hingestarrt hat, sagt: »Findet ihr das nicht verdächtig? Ist doch merkwürdig, dass er jetzt auf einmal nicht mehr hinter unserem Geld her ist.«

Ulli und Torsten verstehen nicht, was sie daran merkwürdig findet.

Hanna sagt: »Meinst du, er hat vielleicht eine andere Quelle und braucht unser Geld nicht mehr?«

»Könnte doch gut sein«, sagt Anuschka. »Vielleicht ist es ihm zu mühsam geworden.«

»Ja«, sage ich. »Wahrscheinlich dreht Bazille schon längst ganz andere Dinger! Sachen, bei denen viel viel mehr für ihn herausspringt.«

»Aber was denn?«, murmelt Hanna. »Vielleicht Drogen verkaufen oder Autos knacken?«

Wir schweigen, ergriffen angesichts all der üblen Dinge, die Bazille noch einfallen könnten.

Ulli sagt: »Mal im Ernst: Denkt doch an den Einbruch im Wagen vom Albrecht.«

Anuschka meint vorsichtig: »Ja, wir wissen zwar, dass eingebrochen wurde, aber wir wissen nicht, wer es war! Ohne Beweise ist die Halstuchbande genauso unschuldig wie wir.«

Torsten und Ulli schauen sich an. Für die beiden ist alles sonnenklar.

»Ich finde, Anuschka hat recht«, sagt Hanna und lächelt Anuschka an.

»Auch wenn alles dafür spricht, dass die Halstuchbande dahintersteckt«, sage ich. »Wir müssen sie jetzt beschatten – und dann überführen.«

»Ja, damit wir etwas gegen sie in der Hand haben. Wir brauchen Beweise!«, ruft Hanna.

Ich erzähle den anderen, dass ich Bazille zweimal mit Lillis Freund Frank im Park herumlungern gesehen habe. »Ich habe sie belauscht und weiß, dass sie etwas vorhaben. Was es genau ist, konnte ich nicht verstehen. Aber bestimmt ein großes Ding!« Ich erzähle, wie Frank Bazille aufgefordert hat, »mehr ranzugehen«, dass sie sich auf ihn verlassen würden. »Immerhin ist Frank Antiquitätenhändler!«

»Vielleicht handelt er mit gestohlener Ware!«, ruft Hanna. »Und benutzt die Bande als Bote zwischen den Dieben und den großen Hehlern!«

»Oder er lässt die Bande für sich klauen!«, ruft Ulli.

Wieder ist es Anuschka, die anderer Meinung ist. »Und wenn es so wäre, warum brechen sie dann ausgerechnet in Albrechts Uralt-Mercedes ein?«

»Anfängerfehler vielleicht«, murmelt Robbi.

»Nackte Gier«, vermutet Torsten.

»Vielleicht«, sagt Anuschka. »Wir werden sie alle ganz genau beobachten und dann sehen wir weiter.«

»Wer ist dabei?«, frage ich. Alle nicken.

Ich bin aufgewühlt und denke, dass sich ab jetzt wirklich alles ändern wird. »Meine Tante, also die Lilli, ahnt nämlich nicht, mit was für einem Hallodri sie sich eingelassen hat.«

»Die Lilli, die kann einem echt leidtun«, sagt Anuschka und schüttelt mitfühlend den Kopf. »Da hat sie so lange von der großen Liebe geträumt und dann fällt sie ausgerechnet auf so einen Gauner rein.«

Wir verabreden, dass Anuschka, Hanna und ich in den nächsten Tagen Frank beschatten werden. Abwechselnd werden wir seinen Laden beobachten und ihm folgen, sobald er nur einen Fuß vor die Tür setzt.

Die Jungen werden sich um Bazille und die Halstuchbande kümmern. Und vielleicht schaffen wir es ja noch, ein paar Kinder aus unserer Klasse aufzurütteln.

»Bevor wir jetzt gehen«, sage ich, »sollten wir uns noch einen Namen geben. Es gibt der Sache mehr, mehr …« Ich weiß nicht weiter.

Hanna hilft mir, sagt: »Mehr Ernst.«

Zusammen stehen wir noch eine Weile im Kreis unter den Birken. Hanna, Anuschka, ich, Torsten, Robbi und Ulli. Hanna mit ihren – dank Bazille – kurzen Haaren; Torsten mit einem zu allem entschlossenen Blick und diesem Lächeln, das mich auch zum Lächeln bringt; Anuschka, immer noch etwas blass im Gesicht; Robbi, der blonde Ulli – und ich.

Wir überlegen, beißen uns auf die Lippen und starren auf den Boden, als stünde dort ein Name geschrieben. Es muss etwas sein, das zu uns passt.

Anuschka schlägt »Meisterdetektive« vor. Obwohl wir es nicht schlecht finden, überlegen wir noch weiter.

»Ich hab's!«, rufe ich. »Die kleinen Fische!«

»Das ist besser!«, sagt Hanna begeistert und die anderen scheinen auch einverstanden zu sein.

»Klein?«, fragt Anuschka zurück. Bestimmt ist sie ein bisschen beleidigt, weil ich ihren Vorschlag nicht wollte, aber immerhin grinst sie.

»Ja, klein, aber oho. Eben nicht zu unterschätzen.«

»Das passt!«, ruft Ulli.

Anuschka hält ihre Hand in die Mitte und wir legen unsere Hände auf ihre. Und rufen im Chor: »Auf *die kleinen Fische*!«

Ich fühle mich in dem Moment so stark, so unbesiegbar, dass ich keine mehr Angst mehr vor Bazille und den anderen habe.

Wir, *die kleinen Fische* werden es Bazille schon zeigen!

Kapitel 13

in dem Charlie sich
am Vater-Tochter-Abend entspannt

Ich schließe das Rad auf dem Hof an, steige die Treppenstufen hoch. Und dann – niemals hätte ich damit gerechnet – liegt mein Rucksack vor unserer Wohnungstür. Ein gelber Post-it-Zettel klebt daran.

Liebe Charlie,

ich war zwar nicht im Park, dafür hab ich Dir Deinen Rucksack wiederbesorgt.

Vanessa

Na so was! Die Vanessa! Das hätte ich ihr nicht zugetraut. Wie hat sie denn das geschafft?

Ich hebe den Rucksack hoch und gucke nach. Ist ja 'n Ding, alles noch da. Es fehlt nichts! Weder das Federmäppchen mit den Stiften noch der Impfpass. Ein Glück. Erleichtert schließe ich die Tür auf und laufe direkt in Mama hinein.

»Hallo.« Sie umarmt mich.

»Guck mal, der Rucksack ist wieder da!«

»Freut mich«, sagt Mama und lächelt. Sie sieht erschöpft aus und sagt auch einen Atemzug später: »Charlie, sei mir nicht böse, aber ich habe solche Kopfschmerzen, ich muss mich einfach für ein Stündchen aufs Sofa legen.«

Ich biete ihr an, Tee zu kochen, ihr einen Waschlappen auf die Stirn zu legen, aber sie will wohl wirklich nur ihre Ruhe haben. Als ich wenig später nach ihr sehe, ist sie jedenfalls eingeschlafen.

Mama ist noch am Abend kaputt. Zerschlagen fühle sie sich, sagt sie. Papa kocht ihr eine heiße Brühe. Danach verschwindet sie im Schlafzimmer. Hoffentlich wird sie nicht richtig krank. Papa und ich sitzen in der Küche und überlegen, was wir essen können.

Papa guckt in den Kühlschrank. Übermäßig gefüllt scheint er nicht zu sein. »Charlie, hast du vielleicht Lust auf belegte Brote mit nur leicht angegrauter Salami?«

Angegraute Salami! Igitt! »Wellt die sich nicht schon an den Seiten hoch?«

»Nur ganz wenig«, versichert mir Papa, aber ich habe trotzdem keine Lust, so etwas zu essen. Natürlich nicht. Er klappt die Kühlschranktür wieder zu. »Ich eigentlich auch nicht. Hast du vielleicht mehr Lust aufs *Roma*?«

Das *Roma* ist eine Pizzeria bei uns ganz in der Nähe. Laut Speisekarte sogar die älteste Pizzeria Berlins – mit der absolut leckersten Pizza.

»Aufs *Roma* immer.«

»Na, dann mal los«, sagt Papa vergnügt. »Machen wir uns doch zur Abwechslung einen Vater-Tochter-Abend. Ich weiß gar nicht, wann wir das zum letzten Mal gemacht haben.«

Höchstwahrscheinlich als ich noch Sandburgen gebaut habe. Papa und ich sind ja nicht oft alleine zusammen. Entweder kurvt er durch die Stadt von Wohnung zu Wohnung oder er hockt in seinem Büro am Ku'damm und arbeitet.

Es ist ein lauer Abend. In den Cafés und Restaurants bei uns in der Nähe haben die Wirte und Kellner schon eifrig begonnen, Stühle, Tische und Bänke nach draußen zu schleppen.

»Es riecht nach Sommer«, behauptet Papa und schnuppert.

Vielleicht meint er diese süßen weißen Blüten, die hier an den Hecken sprießen. Hab den Namen vergessen. Auf jeden Fall ist es jetzt endlich warm, das Freibad wird mich bald wiedersehen. Bald, wenn wir Bazille *und* Frank (!) besiegt haben. Vielleicht wird das ja dann doch noch ein ganz normaler heißer Sommer.

Papa und ich laufen zu Fuß. Zum *Roma* ist es nicht weit. Aber unser Auto steht sowieso auch nicht mehr bei uns vor der Tür, sondern bei Papas Firma auf dem Hof, mit einem großen Schild im Fenster: »Zu verkaufen«.

»Laufen ist ja auch viel gesünder als fahren«, sagt Papa betrübt. Er hört sich ein bisschen so an, als wolle er mehr sich als mich davon überzeugen.

»Wir sind doch gleich da«, sage ich. Wir biegen um die Ecke.

»Mist.« Mist, weil alle Plätze draußen besetzt sind. Und ausgerechnet an *unserem* Lieblingstisch sitzt ein Typ mit Pferdeschwanz, verspiegelter Sonnenbrille und trinkt Bier, dabei telefoniert er auch noch laut mit dem Handy. Der absolute Unsympath. Ein Angeber. Wir werden wohl drinnen sitzen müssen.

»Macht nichts«, sagt Papa. »Gehen wir halt rein.« Das machen wir auch.

»Salute!« Rapha, der Besitzer, eilt mit ausgestreckten Armen auf uns zu. Er schüttelt erfreut

Signor Tröndle beide Hände und streicht mir über die Haare, als wäre ich immer noch die vierjährige Kleine, die »Bellissima«, die sich über ein Extra-Bonbon freut. Fehlt bloß noch, dass er mir Stifte und die Kinderkarte zum Ausmalen bringt.

»Eh, heute ist serr voll«, sagt Rapha. »Aber drinnen könnt ihr haben die allerbeste Tisch.« Er zeigt auf einen Tisch, an dem wir auch schon häufig gesessen haben. Die Fenster dahinter sind sperrangelweit geöffnet. So haben wir zwar den Angebertypen genau im Blick, aber was soll's, wenigstens kommt frische Luft herein.

Rapha schiebt uns die Stühle hin, scharwenzelt um uns herum, erkundigt sich nach der »schönen Mama« und schüttelt betrübt den Kopf, als er hört, dass sie mit Kopfschmerzen zu Hause im Bett liegt. Gleich danach lächelt er aber wieder und empfiehlt uns seine »köstliche, frische« Minestrone als Vorspeise, die Papa dann auch wirklich nimmt. Danach bestellen wir uns beide eine Pizza mit Salami.

Wir sehen Rapha zu, wie er mit seiner bodenlangen weißen Schürze nach draußen eilt, geschäftig von Tisch zu Tisch wieselt, Kerzen anzündet, Speisekarten und Aschenbecher bringt und Gläser zurechtrückt.

»So ein Vater-Tochter-Essen gefällt mir«, sagt Papa. »Sollten wir öfter machen.« Er lehnt sich entspannt in seinem Stuhl zurück und betrachtet mich. »Erzähl doch mal, wie geht's dir? Du hast eine Neue in der Klasse, hab ich gehört …«

Wir plaudern und es ist sehr gemütlich. Deshalb mag ich in dem Moment gar nicht über Bazille sprechen. Das werde ich später – vielleicht wenn wir zu Hause sind – nachholen. Wir essen, beobachten Rapha und nach einem Espresso für Papa und einem kleinen Eis für mich brechen wir auf.

Auf unseren Tisch wartet schon jemand sehnsüchtig. Der Mann hat mir den Rücken zugekehrt, deshalb habe ich ihn nicht gleich erkannt. Er schaltet aber offenbar schneller als ich und ruft: »Hallo, wir kennen uns! Du bist doch Lillis Nichte Charlie!«

Es ist Georg, der nette, gut aussehende Arzt aus Lillis Haus. Er ist in Begleitung einer Rothaarigen. Sie heißt Isabella und verzieht ihre Lippen für eine Sekunde zu einem falschen Lächeln. Am liebsten würde sie wohl meine ausgestreckte Hand nur mit einer Kneifzange anfassen. »Charlie, soso, freut mich«, sagt sie säuerlich und reicht erst Papa, dann mir ihre schlaffe, kühle Hand.

Georg ist genauso charmant wie bei unserer ersten Begegnung mit Lilli. Er lächelt und zeigt seine perfekten weißen Zähne.

Ich erkläre Papa, woher Georg und ich uns kennen. Sie schütteln sich die Hände. Ich finde es blöd von Papa, dass er Georg nicht genauso freundlich anlächelt wie dieser ihn. Während mich die rothaarige Isabella ungeduldig ansieht, mit einem Blick, als wäre ich ein kleines lästiges Insekt, das sie gerne unter ihren hochhackigen Schuhen zerquetschen würde. Sie lässt sich auf einen Stuhl sinken und schenkt dem um sie herumflatternden Rapha ein strahlendes Lächeln aus ihrem grellrot geschminkten Mund.

Papa und Georg murmeln ein paar Floskeln, dann gehen wir los.

Ich wundere mich darüber, dass ein toller Mann wie Georg sich mit so einer rothaarigen Schreckschraube abgibt. Vielleicht ist sie eine Patientin von ihm? Eine andere Erklärung kann es doch gar nicht geben.

Draußen ist es nun ein wenig kühler. Papa legt den Arm um mich. Bevor wir um die Ecke biegen, schaue ich noch einmal hinter mich. Und sehe gerade noch, wie Georg diesem Unsympath mit der Spiegelbrille auf dem Kopf die Hand schüttelt. Durch das geöffnete Fenster reicht Georg ihm seine Hand. Komisch sieht das aus. Woher er diesen Typ wohl kennt? Na ja, anscheinend kennt man als Arzt jede Menge ulkiger Menschen.

»Soso«, sagt Papa in dem Moment. Ich hab ihm von Georg und Frank erzählt, hab ihm verraten, dass mir Georg als Lillis Freund um einiges lieber wäre als dieser Frank. Papa schweigt erst dazu, meint, Frank müsse in erster Linie Lilli und nicht uns gefallen, aber er könne sich ohnehin kein Urteil erlauben, da er Frank erst einmal gesehen habe. Und da habe er ihn in Ordnung gefunden. Und dann sagt er noch etwas, das mich empört: Er findet Georg unsympathisch!

»Warum?«, frage ich fassungslos.

Papa zuckt die Schultern und murmelt etwas in der Art wie: »Ist mir zu glatt«.

Na ja, Mamas Urteil wäre bestimmt anders ausgefallen!

Kapitel 14

in dem sich ein Verdacht bestätigt

Niemand weiß wirklich, was dahintersteckt, warum es so ist. Aber Bazille und die anderen lassen uns jetzt tatsächlich in Ruhe. Sie gucken uns nicht einmal mehr an. Nicht, dass es mir fehlen würde. Also, ich habe wirklich ganz und gar keine Sehnsucht nach Bazille, Yvo und den anderen. Es ist nur so, dass es mir komisch vorkommt. Lilli hätte gesagt, es sei wie die Ruhe vor dem Sturm.

Wir alle aus unserer Klasse genießen diese Ruhe. Jetzt spielen wir in den Pausen wieder Ball, Gummitwist oder Karten. Sogar ein Eis kann man sich nun wieder leisten.

Und Vanessa verrät mir, dass sie meinen Rucksack rein zufällig auf Bazilles Gepäckträger gesehen hat, als der sich beim Bäcker Brötchen kaufte. Und da hätte sie einfach die Gelegenheit genutzt und den Rucksack an sich genommen, als Bazille ihr den Rücken zudrehte.

»Obwohl mein Herz raste und ich dachte, dass ich in Ohnmacht fallen würde!« Vanessa schließt die Augen und knickt ein wenig ihre Knie ein. Sie führt gerne vor, wie sie sich in einer Situation gefühlt hat, so als wäre sie immer auf einer Bühne.

Ich freue mich einfach, dass der Rucksack wieder da ist und umarme Vanessa. Und Vanessa freut sich mit mir.

Jeder von uns wirft immer mal wieder einen scheuen Blick auf die Halstuchbande, die nach wie vor bei den Tischtennisplatten herumhängt. Aber sie bleiben friedlich sitzen. Anscheinend haben sie etwas irre Wichtiges zu bereden. Es ist uns klar, dass sie etwas planen.

Da ist nach wie vor das Gespräch zwischen Frank und Bazille im Park. Und Bazilles Spruch, wir seien nur kleine Fische. Sie sind wohl auf der Suche nach dem großen Fisch! Und was das ist, wollen wir herausfinden.

Wir, *die kleinen Fische*, werden uns nicht in die Irre führen lassen. Wir haben nicht vergessen, was Bazilles Halstuchbande uns in den letzten Wochen angetan hat. Deshalb behalten wir sie gut im Blick und passen auf. Diesmal wollen wir diejenigen sein, die ihnen einen Schritt voraus sind. Und dann ist da ja auch noch Frank, den es zu beschatten gilt. Am liebsten rund um die Uhr, aber das geht natürlich nicht wegen der Schule.

Unsere Beschattung verläuft streng nach Plan. Diesen Plan haben *die kleinen Fische* zusammen ausgetüftelt. Jeden Tag, gleich nach der Schule, schiebe ich entweder mit Hanna oder Anuschka Schicht vor Franks Laden. Mama glaubt, ich wäre bei Anuschka oder Hanna. Sie ist immer noch auf Jobsuche und freut sich, dass ich nachmittags versorgt bin und sie kein schlechtes Gewissen haben muss. Und ich freue mich, dass ich ungestört beschatten kann.

Franks Geschäft heißt *Laden für Antikes*, wie uns ein verschnörkeltes Schild verrät, das draußen vor der Ladentür hängt.

Wir haben Frank in seinem Laden, hinter dem Schaufenster bestens im Blick. Zum Glück liegt das Geschäft in einer Straße, die in eine Sackgasse mündet. Praktischerweise steht auch ein großer Glascontainer in der Nähe des Ladens. Hinter dem können wir uns verstecken und gleichzeitig, ohne weiter aufzufallen, den Laden beobachten, also zumindest den großen Verkaufsraum, in dem Frank sich ja auch meistens befindet.

Aber es ist wie verhext. Frank poliert fleißig Silber, striegelt alte Schaukelpferde, beziehungsweise deren zerzauste Mähne, oder stapelt vergilbte Tischwäsche. Dazwischen hat er immer mal wieder Kunden, die sogar etwas kaufen. Oder er wird von Lilli und Blacky abgeholt. Aber davon abgesehen geschieht rein gar nichts. Jedenfalls nichts Verdächtiges.

Niemand beachtet uns weiter. Die Leute treten an den Container heran, donnern ihre leeren Flaschen hinein und gehen wieder weg. Genauso gut hätten wir unsichtbar sein können.

Nur eine alte Dame, die ihren weißen Malteser täglich zweimal an uns vorbeiführt, grüßt uns freundlich. So als würden wir nicht hinter einem Glascontainer hocken, sondern in einem schicken Café. Sie murmelt beifällig: »Ja, ja, in meiner Jugend haben wir auch Räuber und Gendarm gespielt.«

Räuber und Gendarm!

Obwohl, so ganz unrecht hat sie ja gar nicht, nur dass wir hier nicht s-p-i-e-l-e-n! Es ist schließlich bitterer Ernst. Wir wissen, dass wir nur ausharren müssen, bis unsere Geduld belohnt wird und wir einem Hehler das Handwerk legen können.

Genau diesen Gedanken versuche ich gerade Anuschka zu erklären. Sie wirkt schon seit einigen Minuten gelangweilt. Kaut Kaugummi, lässt diesen knallen und seufzt. Wahrscheinlich wäre sie jetzt gerne im Freibad. Es ist ja auch mörderisch heiß heute.

Frank telefoniert unterdessen. Läuft dabei auf und ab. Immer wieder fuchtelt er aufgebracht mit seinen Armen. Was er da wohl zu besprechen hat? Schade, dass wir keine Wanzen zum Abhören haben.

Am Donnerstag sind Hanna und ich gleich nach der Schule zu Franks Laden geradelt, aber da hat er ewig nur sein Schaufenster umdekoriert. Lauter Plüschteddys in allen Größen, Farben und Formen hocken da nun. Anschließend ist Frank brav zu Lilli gefahren und sie sind ins Kino gegangen. Torsten hat dann unsere Schicht übernommen und die beiden weiter beschattet.

Heute Morgen hat Torsten sich ziemlich geziert, ehe er uns verraten hat, dass Lilli und Frank sich immer wieder *geschmatzt* hätten (O-Ton Torsten). »Ach so, du meinst geküsst«, habe ich gesagt. »Na ja, so ist das eben, wenn man verliebt ist.« Torsten hat verlegen gekichert. Sogar rot geworden ist er und hat mich kurz angeschaut. Das war ein toller Blick, der ist richtig in meinen Körper reingekrochen. Mir war ganz warm im Bauch. Und Hanna hat mir ins Ohr geflüstert, sie wüsste für ihr Leben gern, wer eigentlich mal behauptet habe, Jungen wären nur halb so albern wie Mädchen.

Jetzt seufzt Anuschka schon wieder und sagt gelangweilt: »Beschatten ist alles andere als aufregend. Es ist einfach nur anstrengend. Ich versteh nicht, warum die in Krimis immer so tun, als wäre es das Irrste, Spannendste der Welt! Unbequem ist es auch. Ich weiß wirklich nicht, wie lange ich hier noch …« Anuschka spricht nicht weiter.

Denn in genau diesem Moment betritt Frank gefolgt von einem grauhaarigen Paar den Gehweg. Offensichtlich haben sie Stühle gekauft. Diese Stühle schleppt Frank nun zu ihrem Auto, ohne dass die beiden auch nur einen Finger krümmen, um ihm dabei zu helfen. Die Stühle scheinen extrem schwer zu sein, massives Holz oder so, keine Ahnung. Für eine Sekunde habe ich fast Mitleid mit Frank. Denn bei dieser Hitze mag sich niemand besonders anstrengen.

Nachdem Frank diese Stühle geschleppt hat, sieht man, dass er dabei mächtig geschwitzt hat. Mit einem geschirrtuchgroßen Taschentuch tupft er sich die Stirn ab. Aber mein Anflug von Mitgefühl ist schnell vorbei. Ich darf es nicht vergessen: Frank führt schließlich etwas Finsteres im Schilde!

»Der Mann hat ein Problem«, sagt Anuschka leise und kratzt sich am Bein.

»Ja, allerdings, er meint es nicht ehrlich mit Lilli und steckt mit Bazille unter einer Decke. Aber wir werden ihn überführen«, sage ich leise und klinge dabei so grimmig wie der Sheriff in dem Western, den ich gestern Abend im Fernsehen gesehen habe.

Anuschka kichert. »Nein, das meine ich nicht. Ich meine, dass er so schwitzt. Es liegt nämlich an den, wie heißt es doch gleich …? Ach ja, an den Schweißdrüsen.«

Was interessieren mich Franks Schweißdrüsen! Außerdem würde ja wohl jeder schwitzen, der heute schwere Möbel schleppt.

Frank geht wieder in den Laden. Wir sehen ihn Wasser trinken.

In diesem Moment fährt ein Wagen mit verdunkelten Scheiben vor und hält direkt vor Franks *Laden für Antikes*.

Anuschkas Langeweile ist urplötzlich verschwunden. Ich merke es, weil sie sich gerade aufrichtet und den alten Kaugummi in ein Papier wickelt.

»Guck mal«, flüstere ich und zeige auf das Auto. Es sieht teuer aus.

Auch Anuschka flüstert. So als könne man uns meterweit hören. Was natürlich nicht der Fall ist.

»Das ist ein Jaguar«, wispert Anuschka. »So ein Wagen kostet eine Menge Schotter.« Anuschka kennt sich mit Autos aus, was kein Wunder ist, denn ihr Onkel ist einer der größten Autohändler der Stadt.

Wir starren gespannt auf den Jaguar. Da die Scheiben getönt sind, kann man nicht erkennen, wer drinnen sitzt. Unsere Erwartungen sind hoch.

Und dann öffnet sich die Fahrertür. Ein kleiner, glatzköpfiger Mann in schwarzem Anzug, mit roter Krawatte und einem großen, rechteckigen, schwarzen Koffer steigt aus. Er knallt die Tür energisch zu. Mit schnellen Schritten stapft er um sein Auto herum und steht im Nu vor Franks Ladentür. Diese öffnet und schließt er so rasch, dass das Ladenschild heftig hin- und herschaukelt.

»Wenn das nicht ein höchst verdächtiger Besuch ist«, sage ich zufrieden. So als hätte ich den Glatzkopf extra für Anuschka hierher gekarrt. »Der Typ sieht doch aus wie der perfekte *Zwielichte*.«

Anuschka nickt. »Ein Bilderbuch-Zwielichter«, stimmt sie mir zu.

Hintereinander schleichen wir geduckt wie Indianer an den parkenden Autos entlang. Ohne den Schutz des Glascontainers fühle ich mich ein wenig verloren, aber man muss ja auch etwas riskieren im Leben. Uns bleibt nichts anderes übrig, wenn wir Franks dunkle Machenschaften aufdecken wollen.

Wir sehen, wie Frank zur Ladentür eilt und diese hastig schließt. Das *Geschlossen*-Schild dreht er sichtbar zu uns um.

Nun verlassen wir endgültig den Schutz der parkenden Autos. Wir rennen blitzschnell die paar Meter zur Hauswand und drücken uns direkt neben Franks Schaufenster eng an die Mauer. Ich stehe näher am Schaufenster als Anuschka. Als mein Herz nicht mehr so rast, schaffe ich es, mich ein wenig vorzubeugen und einen Blick in den Laden zu werfen.

»Was siehst du?«, zischt Anuschka hinter mir ungeduldig.

»Schmuck!«, antworte ich. »Einen Haufen Schmuck!« Und dass mit diesem etwas nicht stimmt, ist ja klar. Warum sonst würde Frank die Tür verriegeln und das *Geschlossen*-Schild aufhängen? Endlich passiert etwas! Ich hab es ja gewusst! Jetzt ist es endlich so weit. Frank zeigt sein wahres Gesicht.

Der Schmuck liegt, soweit ich das von meiner ungünstigen Lage aus beurteilen kann, in mehreren schwarzen, geöffneten Schachteln. Perlenringe gibt es zu sehen, breite Armbänder und schmale Ketten blinken golden. Und dann sehe ich einige Perlenketten, die wie Schlangen zusammengeringelt auf dem Tisch liegen. Leise teile ich Anuschka meine Ergebnisse mit. Unser Warten hat sich gelohnt! Absolut.

»Bestimmt ist das Zeug gestohlen«, flüstert Anuschka aufgeregt. »Lass mich mal vorbei. Ich will auch einen Blick auf die Klunker werfen.«

Sie schiebt mich zur Seite und beugt sich nun ebenfalls vor. Wie aufs Stichwort rattert in diesem Augenblick eine schwere Jalousie hinunter und versperrt uns den Blick auf den Schmuck.

Anuschka schreit mir vor Schreck ins Ohr, was zum Glück im Getöse der Jalousie untergeht. Dann sausen Anuschka und ich wie die Verrückten schnell hinter unseren Glascontainer zurück.

Geschafft. Das ist gerade noch einmal gut gegangen.

Kapitel 15

in dem man sich gegenseitig verspricht, wachsam zu sein

Kurz danach verlassen Frank und der Glatzkopf durch einen Hinterausgang den Laden. Sie gehen durch die Toreinfahrt und steuern, ohne sich einmal umzudrehen, den Jaguar an.

Der Glatzkopf tänzelt um sein Auto herum. Beim Einsteigen hören wir laut und deutlich Franks Stimme. »Na, da hast du mir ja ganz heiße Ware mitgebracht!« Er lacht. Der Glatzkopf lacht auch – meckert dabei wie eine Ziege – und öffnet die Autotür. Setzt sich hinters Steuer, der Wagen springt an und rollt los.

Jetzt nichts wie los, auf die Räder und hinterher. Während wir zu unseren Fahrrädern flitzen, rufe ich: »Na, was hab ich dir gesagt!«

»Heiße Ware!«, jubelt Anuschka.

»Ja, darunter versteht man ja wohl gestohlenes Zeug!«

»Jetzt werden wir ihn drankriegen! Endlich!«

Mit unseren Sonnenbrillen auf der Nase, die Köpfe dicht übers Lenkrad gebeugt, verfolgen wir den Wagen. Zum Glück leben wir ja in Berlin, der Stadt mit den meisten Baustellen Deutschlands. Was bedeutet, dass der nächste Stau nie weit ist. Und dass wir keine Angst haben müssen, den Jaguar aus den Augen zu verlieren.

Tatsächlich haben wir sie schon bald eingeholt, aber wir haben nicht an alles gedacht. Wir verlieren den Jaguar, als er in einem langen Tunnel – Richtung Hauptbahnhof – verschwindet, in den wir mit unseren Rädern nicht fahren dürfen. So ein Pech. Hoffentlich hatten die Jungen mehr Glück bei ihrer Beschattung.

Als ich wieder zu Hause bin, telefoniere ich mit Torsten. Er hat aber nicht viel Zeit. Behauptet er zumindest. Er hört sich meinen Bericht an und meckert gleich los. Das sei typisch, pflaumt er mich an. Wenn er an unserer Stelle gewesen wäre, wären ihm die Halunken nicht durch die Lappen gegangen.

Warum wir denn kein Taxi genommen hätten, fragt er. Als ob wir Geld drucken würden! Als ob ihm der Jaguar im Tunnel nicht entwischt wäre!

Kurz angebunden teilt er mir das Nötigste mit: Die Bazillebande trifft sich neuerdings nicht mehr auf unserem Schulhof, sondern nachmittags in einer Schrebergartenkolonie in Wilmersdorf. Die Kolonie heißt *Glücksklee*.

Ich kenne *Glücksklee* gut, Lilli hat dort ihre Gartenlaube. Ulkiger Zufall.

Bazille samt Halstuchbande treffen sich dort in einer etwas heruntergekommenen Hütte, die am Ausgang zu einem ehemaligen Güterbahnhof liegt. Laut der anderen Laubenpieper hat diese Laube eigentlich Bazilles Onkel gemietet. Aber besagter Onkel ist viel auf Reisen. Den anderen Laubenpiepern, die Torsten nach eigener Aussage angeblich im Auftrag einer Schülerzeitung interviewte, sind Bazille und die anderen bis jetzt noch nicht weiter unangenehm aufgefallen.

»Entweder sind diese Laubenpieper alle taub oder blind oder beides«, sage ich.

Torsten lacht. »Oder Bazille verstellt sich geschickt.«

»Ja, bestimmt, aber was steckt dahinter?«

Torsten sagt, die Bande hänge im Garten herum, spiele Dart. Ab und zu bekämen sie Besuch von älteren Jungen, die ihre Motorroller vor der

Kolonie ordentlich parken. Sie würden nie lange bleiben. Torsten meint noch: »Komisch, diese Jungen passen irgendwie gar nicht zu Bazille.«

»Wieso?« Wer passt schon zu dem?

»Sie sind teuer angezogen, irgendwie so schnöselig ...«

Schnöselig? Was soll denn das nun wieder heißen? Für Torsten ist wahrscheinlich jeder teuer angezogen, der nicht mit verwaschener Jeans und schlabbrigem T-Shirt angelatscht kommt.

Hanna, Anuschka und ich werden Licht ins Dunkel bringen! Das hätte Lilli auch nicht schöner sagen können.

Morgen werden wir unsere Schicht mit den Jungen tauschen, dann werden wir uns selber ein Bild machen. Und Torsten soll mal sehen, was es heißt, Stunde um Stunde hinter diesem Glascontainer zu hocken und in Franks Schaufenster zu starren.

Zum Abschied sagt Torsten: »Sei wachsam!«

»Du auch!«

Heute Abend wollen Mama und Papa mit mir, Lilli und Frank beim Chinesen *Lon Men* essen gehen. *Lon Men* liegt zwischen Lillis und unserer Wohnung. Papa und ich essen dort immer Schweinefleisch süßsauer und Mama und Lilli stehen auf Ente kross gebraten. Na ja, für Frank wird schon auch etwas dabei sein. Außerdem ist das natürlich für mich eine sehr gute Gelegenheit, ihn mal wieder unter die Lupe zu nehmen.

Als Mama, Papa und ich im *Lon Men* eintreffen, sehen wir Lilli und Frank bereits Händchen haltend an einem großen Tisch. Blacky liegt ihnen zu Füßen und schläft. Nachdem ich das allgemeine Geküsse und Händegeschüttel erfolgreich hinter mich gebracht habe, setze ich mich genau Frank gegenüber hin. So habe ich ihn gut im Auge.

Wenn er wüsste, dass wir ihn die ganze Woche über beschattet haben. Dass wir ihn mit dem Glatzkopf und den gestohlenen Klunkern genau im Visier hatten, dann wäre doch jetzt der Teufel los. Um nicht zu kichern, kneife ich mich unter dem Tisch in den Oberschenkel. Es hilft nicht so richtig. Ich muss jetzt schnell an etwas ganz Trauriges denken, damit ich keinen Lachkrampf kriege. Und dann fällt mir zum Glück mein Kaninchen Lisa ein, das wir einschläfern lassen mussten, weil es so krank war.

Obwohl ich mich jetzt wieder so gut im Griff habe, scheint Frank Verdacht geschöpft zu haben. Misstrauisch sieht er mich an.

Wachsam sein, befehle ich mir. Jetzt bloß nicht verplappern.

»Charlie«, sagt Frank und beugt sich zu mir.

Ruhe bewahren, sage ich mir.

»Es sind ja bald große Ferien …«

Ich nicke. O ja, schon bald gibt es große Ferien und dann wirst du bestimmt hinter Schloss und Riegel schmoren und kannst von Schmuck und teuren Autos nur noch träumen.

In dem Moment fällt mein Blick auf Lillis Hand. Und da! Unverkennbar, an ihrem linken Ringfinger, prangt ein goldener Ring mit einer Perle. Einer, der dort vorher noch nicht gewesen ist. Da bin ich mir ganz sicher. Mann, wenn sie wüsste, dass sie da Beuteschmuck trägt!

Frank hat etwas gefragt und ich habe gar nicht zugehört.

»Was hast du gesagt?«

Frank grinst: »Ich wollte wissen, ob du nicht vielleicht Lust hast, mir in den Ferien ab und zu – natürlich nur stundenweise und gegen Lohn – im Laden zu helfen?«

Erschrocken starre ich ihn an. Kann denn das die Möglichkeit sein? Will er noch unsere ganze Familie in seine schmutzigen Geschäfte hineinziehen? Reicht es ihm nicht, dass er schon Lilli eingewickelt hat und sie langsam um den Verstand bringt?

Aber gut, falls wir es bis dahin nicht geschafft haben sollten, ihn zu überführen, dann wäre ich als seine Aushilfe ja sozusagen vor Ort und könnte ihn ganz offiziell beschatten. Daher sage ich zu. Was einen heftigen Gefühlsausbruch bei Lilli auslöst, die anscheinend unser Gespräch mit halbem Ohr belauscht hat.

»Also Charlie!«, ruft sie. »Das finde ich aber so was von nett von dir! Der Frank, der hat ja so viel zu tun, der weiß ja schon gar nicht mehr, wo ihm der Kopf steht.« Sie erzählt Mama und Papa gleich brühwarm, wie zauberhaft es doch von mir sei, dass ich ihrem Franky helfen wolle!

Zum Glück kommt gleich das Essen, ansonsten hätte ich mich doch noch geschämt, weil ich seit Tagen hinter Frank herschnüffle und alles tue, um Lillis Glück zu zerstören. Sie ist immer noch völlig ahnungslos. Aber ich will ihr ja nur größeren Kummer ersparen.

Mama und Papa reden dann wieder nur über Mamas Jobsuche, Kinderboutiquen, Ladenflächen, Mieten – und ich schalte ab. Erst als Frank Mama und Papa fragt, ob er eine neu erworbene antike Standuhr bei ihnen im Keller unterstellen könne, horche ich wieder auf. Wortreich erklärt er, dass sein Lager im Keller zu voll sei und die Hausverwaltung den Wasserschaden bei Lilli noch nicht behoben habe und er dort wegen der Nässe nichts deponieren könne.

Lilli tätschelt ihm die Hand und gurrt wie ein Täubchen.

Papa und ich starren Lilli fassungslos an. Lilli hört endlich mit diesem Gegurre auf und sagt unerschütterlich: »Frank geniert sich etwas, aber es ist doch nichts dabei, wenn ihr ihm den Kellerschlüssel gebt und er diese Riesenuhr dort für einen Monat unterstellt. Stimmt's oder hab ich recht?«

Mama und Papa nicken und beteuern, dass das selbstverständlich kein Problem sei.

Ich merke mir nur, dass Frank nun unseren Kellerschlüssel hat. Bestimmt hat er damit noch etwas anderes vor, als eine alte Uhr bei uns unterzustellen. Aber was?

Ich bin schon fast im Bett, als das Telefon klingelt. Torsten ist noch mal dran und entschuldigt sich, dass er vorhin so »grob« war. Ich verzeihe ihm. Ich bin nicht nachtragend – und bei Torsten wohl schon gar nicht. Ulli oder Robbi hätten mich da schon ein wenig mehr um Verzeihung bitten müssen.

Und dann sagt er: »Charlie, ich rufe aber auch an, weil ich etwas Sensationelles gehört habe …«

Mit einem Schlag bin ich hellwach.

»Was denn?«

Torsten sagt: »Weißt du, es gibt doch diese Straßenverkäufer, die mit druckfrischer Zeitung unter dem Arm von Lokal zu Lokal laufen …«

Klar hab ich schon von denen gehört. Glaubt er, ich lebe hinterm Mond?

»Genau so einer kam vorhin in die Pizzeria, wo wir essen waren. War übrigens sehr lecker, Pizza tonno ...«

Jetzt reicht's mir aber! »Komm mal zur Sache!«, sage ich ungeduldig.

»Geduld, Geduld ...« Torsten genießt es, mich auf die Folter zu spannen. »Rate mal, was morgen in der Zeitung stehen wird?«

»Woher soll ich das denn wissen?« Am liebsten würde ich durch den Hörer in Torstens Zimmer springen und ihn ein wenig schütteln.

»Spuck's schon aus!«

Torsten liest endlich vor: »Einbruch in Industriellen-Villa! Familienschmuck in Millionenhöhe entwendet. Ausführlicher Bericht auf Seite 3.«

»Das ist ja ein Ding! Das ist ein Hammer!« Von Müdigkeit ist bei mir keine Spur mehr. Ich sehe die Perlen, Ketten und Ringe genau vor mir. Alles geklaut. »Und was steht noch auf Seite 3?«

»Dass die Täter neben dem Schmuck auch noch wertvolle Bilder, Teppiche und altes Porzellan gestohlen haben. Sie sind ganz dreist am hellichten Tag mit einem Möbelwagen vorgefahren! Sie waren als Umzugsunternehmen getarnt.«

»Meine Güte«, sage ich. Und dann muss ich gleich noch Anuschka und Hanna anrufen, so aufgewühlt bin ich. Zu dumm, dass wir drei morgen in die Laubenkolonie *Glücksklee* müssen. Jetzt, wo wir Frank gerade auf die Schliche kommen, kann Torsten die Fährte aufnehmen. Aber natürlich will er nicht tauschen. Lässt sich nicht erweichen. Stur sagt er: »Abgemacht ist abgemacht.«

Wir legen auf, ich gehe ins Bett und falle in einen tiefen Schlaf.

Im Traum verspeisen Lilli und ich mithilfe von Essstäbchen Perlen, während Anuschka ein Bad in einer Wanne nimmt, die anstelle von Wasser bis zum Rand mit goldenen Ketten gefüllt ist.

Kapitel 16

in dem wir uns in der Kolonie *Glücksklee* auf die Lauer legen

Am nächsten Morgen ist es endlich so weit. Anuschka und ich sitzen bei mir in der Küche und warten auf Hanna. Längst schon hätte sie da sein müssen. »Hoffentlich ist nichts passiert«, sage ich nicht zum ersten Mal, laufe wieder zum Wohnzimmerfenster und spähe auf die Straße. Und wenn Bazille den beiden schon wieder über den Weg gelaufen ist? Endlich sehe ich Hanna, aber sie ist nicht alleine. Timmi stapft neben ihr her.

O nein, das darf doch nicht wahr sein. Ausgerechnet heute. Anuschka ist auch nicht gerade übermäßig begeistert. »Ach Mann, der Zwerg stört uns doch nur beim Beschatten«, seufzt sie.

Es klingelt. »Wir kommen gleich runter!«, rufe ich in die Sprechanlage und dann sausen Anuschka und ich auch schon nach unten.

Hanna und Timmi warten vor dem schicken Elektro-Laden *Schiller* auf uns. Wieder flimmern die Fernseher im Schaufenster. Timmi lacht sich über irgendeinen japanischen Zeichentrickfilm schlapp, während Hanna die Augen verdreht. »Meine Mutter hat gesagt, entweder du gehst mit ihm oder gar nicht«, erklärt sie uns leise. »Was hätte ich denn machen sollen?«

»Ist schon okay«, sage ich.

»Weiß er denn auch, dass er im *Glücksklee* ruhig zu sein hat? Wir wollen dort ja keinen Spaziergang machen!«, bemerkt Anuschka spitz.

»Sicher«, antwortet Hanna. »Ich hab ihm alles erklärt. Außerdem will er Bazille auch eins auswischen. Schließlich hat der ihn doch gezwungen, Sand zu essen.«

Timmi dreht sich zu uns. »Eben, dem Kerl werd ich's zeigen!«

»Na, dann kann ja nichts mehr schiefgehen«, sagt Anuschka spöttisch.

Wir haben unsere Räder schon aufgeschlossen, da hören wir eine mir vertraute Stimme. »Charlie! Huhu! Warte!«

»Lilli«, seufze ich. »Auch das noch. Die hat mir jetzt gerade noch gefehlt.«

Lilli, mit dem neuerdings unvermeidlichen Blacky an der Leine, tippelt über die Straße auf uns zu. Nachdem sie den anderen die Hand geschüttelt und mich mehrmals auf die Wange geküsst und an sich gedrückt hat, so als hätten wir uns Monate nicht gesehen und nicht gerade erst gestern beim *Lon Men*, sagt: »Charlie, ich wollte nur rasch den Kellerschlüssel von euch abholen. Wir haben ja beim Essen darüber gesprochen.«

Was bleibt mir anderes übrig? Ich flitze nach oben und hole den Schlüssel, während Lilli und Blacky bei meinen Freundinnen und Timmi bleiben. Blacky macht unterdessen Männchen und gibt Timmi Pfötchen, was Anuschka und Hanna zum Kichern bringt.

Schnell bin ich wieder unten und drücke Lilli den Schlüssel in die Hand. Einen Haustürschlüssel von uns hat sie ohnehin. Ehe sie sich wortreich bedanken und mich wieder abküssen kann, sage ich rasch, dass wir es heute besonders eilig haben.

Dann schwingen wir uns auf die Räder und fahren los. Der Autoverkehr rauscht aber so laut, dass wir uns nicht unterhalten können. Wir fahren ohnehin hintereinander. Ich vorne an der Spitze, dann Anuschka, hinter ihr Timmi und zum Schluss Hanna.

Nachdem wir die letzte große, vierspurige Straße überquert haben und in eine wenig befahrene Seitenstraße eingebogen sind, ist es endlich ruhiger.

Nun stehen wir vor dem westlichen Eingang der Gartenkolonie *Glücksklee*. Unsere Räder schließen wir hinter dem kleinen Bushäuschen an einem Zaun an. Gemeinsam blicken wir dann auf Torstens Skizze, die er uns gestern noch in der Schule gegeben hat. Bazilles Onkel hat seinen Garten genau am entgegengesetzten Eingang, also am Osttor, beim ehemaligen Güterbahnhof. Dieser Güterbahnhof ist mittlerweile stillgelegt.

Besagte Laube liegt am Ende des Eulensteigs. Die Wege haben hier alle Namen wie Käuzchenweg, Bussardwiese oder Kätzchengasse. In der Kätzchengasse hat Lilli ihre Laube – übrigens mit Gartenzwergen, auch wenn die mittlerweile etwas aus der Mode gekommen sind.

Wir trichtern Timmi noch einmal ein, dass er sich absolut unauffällig zu verhalten hat. Anuschka und ich werden die Vorhut bilden. Wir wählen den schmaleren, aber kürzeren Weg zu Bazilles Laube. Timmi und Hanna sollen uns auf dem anderen Weg erst zehn Minuten später folgen.

Laut Torsten ist das Grundstück neben Bazilles geradezu ideal zum Beschatten. Es gibt eine große dichte Hecke und es gehört einem Rentnerpärchen, das sich wohl nie in der Kolonie blicken lässt.

Anuschka und ich gehen los. Diesmal sind wir noch besser gerüstet als im Park. Anuschka hat ein Handy dabei und Hanna auch. Es sind die Handys der Mütter und beide mussten schwören, damit nicht unnötig zu telefonieren. Offiziell machen wir nämlich eine Radtour und die Handys sind für den Fall eines platten Reifens. Anuschka stellt vorsichtshalber ihren Klingelton aus. Wir wollen uns schließlich leise heranpirschen.

Unser Weg ist geradezu idyllisch. Rechts und links von uns ranken Oleander und Rosen an den Gartenzäunen entlang. Es duftet nach Blumen. Wir erhaschen Einblicke in winzige Gärten, in denen Hängematten an Obstbäumen hängen und Kräuterbeete neben Blumenrabatten und Buddelkisten stehen. Laubenpieper unterschiedlichen Alters sind damit beschäftigt, Unkraut zu zupfen und Blumen zu gießen. Manche liegen auch nur mit geschlossenen Augen auf Liegestühlen und genießen die Sonne. »Ein echtes Paradies hier«, sage ich leise zu Anuschka. Sie lacht und wispert: »Ja, aber Bazille ist dann die Schlange im Paradies.«

Die Sonne blendet uns, ansonsten hätten wir es wohl schon eher bemerkt: Jemand kommt uns entgegen.

Als sie näher kommt, erkenne ich sie erst.

Es ist Yvo. Sie humpelt. Anscheinend hat sie sich verletzt. Sie bleibt immer wieder stehen und stützt sich auf einen Gartenzaun.

Jetzt hat sie uns gesehen. »Wir verhalten uns unauffällig«, zische ich Anuschka ins Ohr.

Yvo kommt näher. Anscheinend hat sie geweint, denn ihre Wimperntusche ist unter den Augen verlaufen. Sie wirft uns einen feindseligen Blick zu und hangelt sich weiter.

Anuschka schaut nachdenklich hinter ihr her und sagt: »Gibt wohl Ärger in der Halstuchbande.«

Wir laufen weiter. Der Weg führt uns nach rechts, gabelt sich und schließlich stehen wir am Eulensteig, wie uns ein kleines Schild sagt. Das Schild sieht aus wie handgemalt und ist direkt an einer Birke befestigt.

»Da hinten ist also Bazilles Laube«, sagt Anuschka.

Wir gehen jetzt dicht an den Zäunen entlang, im Schutz der darüberhängenden Zweige. Bazilles Rad lehnt an einer Hecke.

Vor dem vorletzten Gartengrundstück bleiben wir stehen. Die kleine Holztür ist zwar abgeschlossen, aber sie ist so niedrig, dass wir ohne Probleme drübersteigen können. Mit klopfenden Herzen schleichen wir über das fremde Grundstück und kauern uns hinter einer Hecke in den Rasen, der bestimmt schon lange nicht mehr geschnitten worden ist.

Zum Glück sitzen wir dort im Verborgenen. Nur eine Minute später und wir wären Bazille und den anderen direkt in die Arme gelaufen. Bazille und die Halstuchbande haben nämlich gerade in dieser Sekunde die Laube verlassen.

Anuschka und ich schauen uns an. Wir denken beide dasselbe: Hanna und Timmi. Wir müssen sie warnen!

Kapitel 17

in dem wir Zeugen werden
und Gefangene befreien

Anuschka und ich kauern in dieser stachligen Rosenhecke. Anuschka kramt ihr Handy aus dem Rucksack. Das dauert. Endlich wählt sie Hannas eingespeicherte Nummer an.

Wir hören Bazilles Stimme. Jemand pfeift ein Lied. Ein Mädchen lacht. Ich linse durch die Blätter der Hecke. Es ist diese Rothaarige. Heute hat sie ihre Haare zu zwei Zöpfen geflochten. Ich sehe noch andere Jugendliche, kenne aber nicht alle vom Sehen. Wahrscheinlich sind sie zu sechst oder siebt. Hoffentlich nicht noch mehr.

Bazille sagt: »He, 20 Euro hab ich gesagt, das ist astreines Zeug.«

Eine anderer Junge widerspricht.

Wieder Bazille: »Junge, bessere Pillen bekommt ihr in der ganzen Stadt nicht!«

Ein anderes Halstuchbandenmitglied – es ist Fritz, dieser Dünne, der am Spielplatz dabei war – fragt: »Und weißt du auch, warum?«

»Nein.«

»Weil das Zeug aus einer sauberen Quelle kommt!«

Bazille sauer: »He, du Vollidiot, willst du ihm nicht noch gleich die Adresse nennen?«

»Nein, aber ich wollte bloß ...«

Während Bazille und Fritz sich streiten, zieht der andere Typ ab. Er ist extra mit dem Motorroller gekommen und schiebt diesen jetzt vom Grundstück runter auf den Weg.

»Mann, ich glaube, ich spinne!«, flüstert Anuschka.

»Wahnsinn, die verkaufen hier Pillen und so 'n Zeug!«, flüstere ich. Das erklärt auf jeden Fall, warum sie uns in Ruhe lassen. Das Pillengeschäft scheint mehr Zaster zu bringen.

»Gehen wir«, sagt Bazille zu den anderen.

Meine Hände sind feucht. »Bitte, lass sie uns nicht entdecken«, flüstere ich vor mich hin. Und denke an Hanna. Wenn sie Pech hat, bemerkt sie das Handy zu spät. Wenn das Handy zum Beispiel in ihrer Tasche nur vibriert, dann kann es sein, dass sie es nicht bemerkt. Aber noch schlimmer wäre ja, wenn sie es nicht leise gestellt hätte. Dann würde sie das Klingeln verraten.

Hanna hat Pech.

Alles scheint gleichzeitig zu passieren. Hanna und Timmi müssen bereits ganz in der Nähe sein. Denn auch Anuschka und ich hören das Handyklingeln. Also hat Hanna doch vergessen, den Ton leise zu stellen. Oder wir haben vergessen, sie noch einmal daran zu erinnern.

Bazilles Stimme tönt laut und deutlich, als käme sie über einen Lautsprecher: »Na, wen haben wir denn da? Die beiden Geschwister vom Schulhof oder soll ich sagen: die beiden Brüder!« Er lacht. »Geile Frisur.«

Bestimmt spuckt er gleich wieder auf den Boden. Die anderen lachen auch. Die äffen anscheinend alles nach, was der Trottel tut. Arme Hanna. Wie können wir ihr jetzt bloß helfen?

Hanna antwortet, aber sie spricht viel zu leise für uns. Dann Timmis lautere Stimme: »Du bist doch bloß so ein … so ein fieser Möchtegern!«

»O je«, flüstert Anuschka.

Bazilles Stimme dröhnt erneut. Er muss ganz nah bei uns stehen, aber die dicht gewachsene Hecke versperrt uns die Sicht.

»So, ihr beiden neunmalklugen Klugscheißer! Ihr habt es ja nicht anders gewollt. Aber das wird euch eine Lehre sein.«

Fritz sagt – und ahmt dabei Bazilles Tonfall nach: »Uns hinterherschnüffeln, ihr Knirpse, das werdet ihr bereuen!«

Vorsichtig drücke ich die Zweige der Hecke ein wenig herunter. Ich sehe Bazille breitbeinig vor Hanna und Timmi stehen. Er beugt sich vor und packt die beiden an ihren Armen. Hanna am rechten Arm und Timmi am linken. Dann schleift er sie in die Laube. Fritz und ein Dunkelhaariger – Bazille nennt ihn Tom – helfen ihm dabei.

Dieser Tom war doch auch mit auf dem Spielplatz, fällt mir ein.

»Ich bin schuld«, wispert Anuschka verzweifelt neben mir. »Ich hätte sie in dem Moment nicht anrufen sollen. So ein Mist!«

»Das ist doch jetzt egal, außerdem kann ja keiner wissen, dass sie den Klingelton nicht auf Aus gestellt hat. Schließlich wolltest du sie ja warnen«, versuche ich sie zu trösten, aber mir ist auch ganz schlecht. Was sollen wir bloß tun?

Zusammen beobachten wir durch den Spalt in der Hecke Tom und Fritz, die das Häuschen schon wieder verlassen. Tom sagt zu Fritz: »Wir fesseln die beiden Kröten am besten an das Wasserrohr. Bazille sagt, dass du dann hier die Stellung halten sollst. Für jeden Mucks klatschst du ihnen eine. Nur nicht zimperlich. Bis auf Weiteres bleibst du hier, kapiert?«

Die beiden verschwinden wieder in dem Häuschen.

Minuten vergehen. Mein Herz rast immer noch. Wie konnte das nur so schiefgehen.

Bazille tritt vor die Tür und spricht etwas in sein Handy. Ich verstehe aber nur einen Satzfetzen: »... bevor es heute Abend losgeht.«

Was geht heute los?

Bazille, Fritz und Tom gehen ein paar Schritte vom Häuschen weg. Da ist auch die Rothaarige. Bazille und Fritz bewegen sich direkt auf die Hecke zu, hinter der wir sitzen. Was, wenn sie uns jetzt entdecken?!

Ich halte die Luft an, als könne das helfen, unsichtbar zu bleiben. Anuschka blickt starr auf den Boden.

Aber Bazille scheint hier keine weiteren Kinder zu vermuten. Zum Glück. Er will bloß ungestört seine weiteren Anweisungen loswerden.

»Heute Abend geht's rund! Du weißt Bescheid?«

»Klar!«, nuschelt Fritz.

Bazille: »Ich glaube zwar nicht, dass die Kleine und das Baby was mitbekommen haben, aber sicher ist sicher. Nachher rennt sie los und plappert ihrer Mami gleich die Ohren voll. Das können wir heute nicht gebrauchen. Kein Stress, klar!? Ab morgen treffen wir uns sowieso nicht mehr in dieser Klitsche.«

»Is klar, Mann«, antwortet Fritz und scharrt eine Handbreit von uns entfernt mit seinen Turnschuhen Muster in den Sand.

»Du wirst nachher abgelöst. Und dann: Heute Abend, 20 Uhr, Adresse hast du?«, sagt Bazille.

»Hab ich, logo«, sagt Fritz und schlurft zurück ins Häuschen.

Bazille bleibt bei der Hecke stehen und zündet sich eine Zigarette an. Er saugt gierig daran und zieht wieder sein Handy aus der Hosentasche. Während er telefoniert, geht er im Garten auf und ab. »… ich weiß Bescheid, Mann«, sagt er. »Die Luke ist im Boden. Is kein Problem für mich. Is doch 'n Kinderspiel! 20 Uhr, ich weiß.«

Eine Luke? Das klingt nach einem Dachboden.

Anuschka hebt den Kopf und schaut mich an. Ich schaue Anuschka an.

»Heute Abend also«, flüstert Anuschka. Ich nicke. Ja, wir müssen irgendwie herausfinden, wo sie sich treffen. Aber zuerst müssen wir sehen, wie wir Hanna und Timmi befreien können.

Bazille und die anderen scheinen vorerst genug zu haben. Sie ziehen ab. Es ist die Rede vom Park. Anscheinend gibt es jetzt noch ein Basketballspiel, bei dem man auf Bazille nicht verzichten möchte.

Ein Spielchen vor der Sache am Abend ... Was immer heute Abend abgeht, wir müssen es herausbekommen!

Dem Wachposten Fritz scheint vor der Tür mächtig langweilig zu sein. Er gähnt, kratzt sich am Kopf. Er versucht sogar ohne Erfolg ein Gespräch mit den beiden Gefangenen anzufangen. Und dann setzt er sich auf die Stufen vor dem Häuschen und spielt irgendetwas mit seinem Handy. Es piept, er lacht und ist perfekt abgelenkt.

»Wir schleichen uns von hinten an das Haus heran«, schlage ich Anuschka vor. »Der ist doch so beschäftigt, der passt gar nicht richtig auf.«

»Okay. Aber warte.« Schnell schreibt sie Torsten noch eine SMS, bittet ihn, so schnell wie möglich in die *Glücksklee*-Kolonie zu kommen. Wir brauchen ihn jetzt. Wenn er die SMS gleich liest und sofort losdüst, müsste er bald hier sein.

Zunächst bleiben wir aber auf dem Grundstück und laufen gebückt an der Rosenhecke entlang. Links neben uns ist das fremde Häuschen der Rentner. Rechts neben uns Bazilles Grundstück.

Die Rosenhecke und ein etwa ein Meter hoher Zaun, eher nur ein Zäunchen, trennen die beiden Grundstücke voneinander. Die Rosenhecke endet abrupt. Anstelle der Hecke hat man kleine Tannenbäumchen dicht nebeneinander gepflanzt. Hier gibt es aber genug Zwischenraum für uns. Vorsichtig linsen wir auf das Grundstück nebenan. Sind jetzt hinter der Laube, in der Hanna und Timmi gefangen sind.

»Los, nichts wie rüber«, zischt Anuschka. Als hätten wir das schon zigmal geübt, robben wir zwischen den Tannen durch, klettern über den niedrigen Zaun und sausen hinter die Laube. Dreimal tief durchatmen.

Als wir uns auf die Zehenspitzen stellen, haben wir einen guten Blick ins Innere. Das Häuschen besteht nur aus einem kahlen Raum, in dem Hanna und Timmi nebeneinander mit Seilen an ein Wasserrohr gefesselt sitzen und uns erleichtert entgegenblicken. Hanna deutet mit ihrem Kopf zur Tür. Aber wir wissen ja selbst, dass der gute Fritz dort hockt.

Ich halte den Daumen hoch. »Sie sehen fit aus!«, flüstert Anuschka erleichtert.

Während wir Fritz' Handy immer wieder piepen hören, klettern wir durch den Fensterrahmen in den Raum. Praktischerweise fehlt hier in sämtlichen Fenstern das Glas. Wir bleiben erst einmal dicht an der Wand stehen. Eigentlich bleibt keine andere Möglichkeit, als die beiden loszubinden und dann so schnell es eben geht loszurennen.

Andererseits rennt Fritz dann ja sofort hinter uns her. Wir müssen ihn irgendwie überwältigen, aber wie? Ich ärgere mich, dass wir hier so kopflos reingestolpert sind.

Der Fußboden knackt unter unseren Schritten.

Auch Fritz hat das Geräusch gehört und schöpft Verdacht.

Anuschka und ich verlieren keine Zeit, fallen fast übereinander, als wir zurück zum Fenster hetzen und uns kopfüber mit einem halben Salto nach draußen in den Garten stürzen.

Keine Sekunde zu spät.

Fritz betritt den Raum. Wir kauern unterhalb des Fensters und hoffen, dass er nicht nach draußen schauen wird.

»Wisst ihr was?«, fragt Fritz Hanna und Timmi, ohne wirklich eine Antwort zu erwarten. »Es ist beschissen langweilig, auf euch aufzupassen. Und überflüssig ist es auch. Ich werde jetzt eure Fesseln noch ein bisschen verstärken, dann könnt ihr sowieso nicht weg. Soll der gute Bazille sich doch selber um euch kümmern. Aber nein, der Herr muss ja Ballspielen gehen, als ob er in der Profiliga wäre und nicht bloß bei seinen Heinis im Park. Und danach …«

»Was hast du jetzt vor?«, fragt Hanna.

»Ich mach noch ein paar Knoten mehr in die Fesseln und dann zische ich ab. Man wird euch schon finden, wenn nicht heute, dann eben morgen.«

Hanna und Timmi schweigen. Was Besseres hätte ihnen ja nicht passieren können.

Und nach einer Weile, in der er wahrscheinlich die Fesseln verstärkt hat, zieht Fritz tatsächlich ab.

Anuschka und ich warten noch ein bisschen, dann klettern wir, hoffentlich zum letzten Mal, in diese ungemütliche Hütte und versuchen, die Fesseln zu lösen. Das stellt sich als schwierige Sache heraus. Die Seile sind dünn, aber fest. Und diese Knoten bekommen wir mit unseren Fingern nicht auf.

»Ich würde gerne mal wissen, was man eigentlich mit solchen Seilen im Garten anfängt?«, jammere ich, während ich erfolglos an einem Doppelknoten herumknippere.

»Vielleicht Tomaten hochziehen?«, schlägt Anuschka vor.

»Könnt ihr bitte schneller machen?«, stöhnt Hanna. »Nachher kommt der zurück und dann hocken wir alle vier in dieser Bruchbude.«

»Wir tun, was wir können«, behauptet Anuschka. Sie hat auf dem Boden ein stumpfes Messer gefunden, das bestenfalls zum Brotschmieren geeignet ist. Mit diesem Messerchen versucht sie nun, die Seile aufzudröseln.

Da, an der Tür liegt etwas mit grünem Griff. Schon besser, es ist eine Garten- oder Heckenschere. Mithilfe dieses Ungetüms, sie ist dreimal so groß wie meine Hand, schaffen wir es endlich.

»So«, sagt Anuschka erleichtert. »Auftrag erledigt. Die Gefangenen sind frei!«

Aber was plant die Halstuchbande? Anscheinend wollen sie in ein Haus einbrechen! In einen Dachboden einsteigen? Aber wo? Und wie sollen wir das bis heute Abend herausfinden?

Kapitel 18

in dem *die kleinen Fische* ihren Angriff planen

Auf dem *Eulensteig* laufen wir dem völlig verschwitzten Torsten über den Weg. Er ist mächtig erleichtert, dass wir alle wohlauf sind. Er guckt mich so komisch an und murmelt: »Ich hab mir echt Sorgen gemacht.« Ich freue mich darüber, obwohl ich ihm in dem Moment gar nicht in die Augen sehen kann. Umgekehrt hätte ich mir auch Sorgen gemacht.

Timmi zeigt Torsten seine Arme. Die Seile haben in die Haut eingeschnitten, sie ist an den Stellen immer noch rötlich verfärbt.

»Du warst wirklich sehr tapfer«, sagt Anuschka zu Timmi. »Ich hätte das nicht geschafft, wenn mich Bazille, dieser Widerling, in die armselige Hütte geschleift und an ein Wasserrohr gebunden hätte.«

Timmi strahlt. Auch ich lobe ihn: »Ich hätte bestimmt geheult und alles vermasselt. Du hast das toll gemacht.« Timmis Lächeln wird immer breiter. Nur Hanna meint: »Jetzt ist aber genug.« Ich glaube aber, dass auch sie froh ist, sich wieder frei bewegen zu können.

»Wie ein Berserker bin ich geradelt!«, sagt Torsten und wischt sich mit seinem Unterarm den Schweiß von der Stirn. Sein T-Shirt klebt an seinem Körper. »Hab mir schon das Schlimmste ausgemalt ... Aber jetzt zu den Neuigkeiten: Ulli, Robbi und ich haben heute Mittag vor Franks Laden herumgehangen. Obwohl sein Laden heute gar nicht geöffnet hat, hatte er da etwas zu räumen. Keine Ahnung, was. Dann ist er in den Park abgedampft, wir hinterher. Dort hat er mit Bazille und ein paar anderen Jungen Basketball gespielt, bis eben, bis eure SMS kam. Bestimmt spielt er immer noch. Ich bin ja dann sofort los.«

Dann druckst Torsten ein wenig herum. »Dann gibt es noch zwei Neuigkeiten, eine schlechte und eine, na ja, gute ...«

»Erzähl schon«, sagt Anuschka ungeduldig.

»Der Juwelenraub aus der Millionärsvilla war nur vorgetäuscht«, murmelt Torsten kleinlaut.

»Was?«, rufen wir im Chor. Und wieder sehe ich die Perlen und den Goldschmuck bei Frank im Laden. Na ja, es gibt bestimmt noch mehr gestohlenen Schmuck in Berlin.

Torsten nickt. »Ich hab heute Morgen einen Bericht im Fernsehen, im RBB, gesehen. Der gute Mann wollte bloß die Versicherung betrügen. Die Polizei hat den ganzen Schmuck bereits gefunden und sichergestellt. Er war im Auto seiner Frau, im Kofferraum.«

»Okay, das ist ein harter Schlag für uns«, sage ich. »Aber dafür haben wir erfahren, dass unser Lieblingsbösewicht Bazille heute Abend noch etwas Nettes vorhat.«

Rasch schildern Anuschka und ich Torsten, Hanna und Timmi, was wir an der Hecke gehört haben.

Torsten grinst: »Vielleicht passt das zu meiner guten Nachricht!« Er guckt uns der Reihe nach an. »Ihr kommt im Leben nicht drauf, was wir noch in Erfahrung gebracht haben!«

»Was denn?«, frage ich und ärgere mich allmählich, dass er uns zappeln lässt. Aber dann platzt Torsten heraus: »Wir wissen, wo die Bande heute Abend einsteigen möchte. Ich sage euch, das ist ein echter Knüller!«

Wir starren ihn gespannt an.

»Sie treffen sich im Keller in der Meranerstraße 13!«

Nun sind wir verdutzt. Mehr als das. Denn Meranerstraße 13, das ist meine Adresse!

Torsten guckt uns stolz an. »Es war Schwerstarbeit, aber wir wurden belohnt.«

»Quatsch nicht so geschwollen«, sagt Anuschka und verdreht die Augen.

Mittlerweile sind wir bei unseren Rädern angekommen.

Torsten erzählt, dass sie nicht nur das Basketballspiel beobachtet hätten. Plötzlich seien Yvo und etwas später auch die Rothaarige im Park aufgetaucht. Sie habe sich mit Yvo, die sich wohl den Knöchel verletzt habe – auf jeden Fall sei er verbunden gewesen –, auf die Wiese gelegt. So nah es eben ging und ohne den Mädchen aufzufallen, habe er sich herangerobbt. Es sei ihm dann gelungen, sich unauffällig zu den Mädchen zu setzen und sie zu belauschen. Er habe sich einfach auf den Rasen gelegt und eine Baseballkappe tief in die Stirn gezogen. »Wahrscheinlich haben die geglaubt, ich würde schlafen!«, ruft Torsten triumphierend. In Wahrheit hat er hellwach seine Ohren gespitzt und dabei eben erfahren, dass sich die Halstuchbande heute Abend in der Meranerstraße 13 treffen wird. Um 20 Uhr.

Unser Kellerschlüssel fällt mir ein. Hat Frank ihn sich deshalb ausgeliehen? Ich erzähle den anderen von meinem Verdacht.

»Wenn sie von Frank den Schlüssel bekämen, was könnten sie dann eigentlich in eurem Keller machen?«, überlegt Anuschka.

»Es war auch von einer Luke die Rede, vielleicht geht es auch um den Dachboden? Womöglich hatte ein Mieter aus unserem Haus da etwas Wertvolles untergestellt?«, sage ich.

Wir beschließen, erst einmal alle zu mir zu fahren, um dort weitere Pläne für den Abend zu schmieden.

Zu Hause warten Mama und Papa schon auf mich. Sie sind, anders als noch vor ein paar Tagen, extrem gut gelaunt und nur am Lächeln und Erzählen. Sie bekommen überhaupt nicht mit, wie aufgewühlt wir alle sind.

Nachdem sie auch die anderen freundlich begrüßt haben, prasseln Neuigkeiten auf mich ein.

»Charlie, stell dir vor, wir …«, fängt Mama an. Dann Papa: »… wir haben da ein wunderschönes Laden-Objekt gefunden, perfekt gelegen, wirklich prächtig …« Sie reden jetzt beide gleichzeitig. Ich verstehe nur Bruchstücke. »Großer Laden … Eichenparkett … Kindermode … Kuchen und Suppe!« Was soll denn das bedeuten?

» … und deshalb«, sagt Papa, »müssen wir jetzt gleich noch mal los. Mietvertrag unterschreiben. Und hinterher treffen wir uns noch mit den Handwerkern. Den Firmenchef kenne ich persönlich, wir haben Schwein, dass der seinen Samstagabend für uns opfert.«

»Es ist so nett von denen, dass sie sich so spontan heute Abend Zeit für uns nehmen«, sagt Mama. »Aber das bedeutet leider auch, dass du alleine Abendbrot essen musst. Lilli hat heute auch keine Zeit, die ist nämlich mit Frank im Theater.«

An diesem Punkt gucken wir *kleinen Fische* uns kurz an. Wenn Mama wüsste, wo Frank wirklich an diesem Abend sein wird! Und Lilli wird sich später bestimmt ziemlich wundern, wenn Frank sie versetzt, weil er nämlich keineswegs mit ihr ins Theater gehen wird.

Kurz darauf sind Mama und Papa weg.

Torsten grinst: »Sind die eigentlich immer so aufgedreht?«

»Meine Eltern? Nee, an sich nicht. Weiß auch nicht, was heute mit ihnen los ist, ulkig.«

Anuschka sagt: »Hab ich das richtig verstanden: Sie wollen einen Laden für Kindermode und Suppe aufmachen?«

Ich kann nur mit den Schultern zucken: »So was Ähnliches auf jeden Fall. Keine Ahnung, klingt irgendwie komisch.«

Ein merkwürdiges Knurren, das eindeutig von Timmis Magen stammt, erinnert uns daran, dass wir alle mächtigen Hunger haben. Wir setzen uns in die Küche und plündern unseren Kühlschrank: Käsebrote, Würstchen, Kartoffelsalat, Apfelkuchen, Pudding und dazu Limonade.

Die Zeit rast. Es ist inzwischen schon beinahe 18 Uhr, aber auch der beste Detektiv muss einfach zwischendurch irgendetwas essen!

Anschließend sind wir pappsatt und ziehen in mein Zimmer um.

Anuschka und ich sitzen mit Timmi auf dem Bett. Hanna und Torsten haben es sich mit Kissen auf dem Boden gemütlich gemacht. Torsten ruft Ulli und Robbi an, bittet sie, auch hierherzukommen. Für ihre Eltern sollen sie sich eine gute Erklärung einfallen lassen.

»Sie können ja erzählen, dass es hier eine kleine spontane Klassenparty gibt«, sagt Hanna. Genau das wird sie ihren Eltern erzählen. Dann fällt ihr Timmi ein. »Und du, du bist als unser Maskottchen dabei, werde ich ihnen erzählen«, sagt sie. Timmi murrt, versteht aber, dass es so am besten ist, wenn er dabei sein möchte – und das will er unbedingt.

Gemeinsam fassen wir alle neuen Fakten zusammen.

»Wir wissen, dass hier in diesem Haus heute Abend um 20 Uhr etwas steigt«, sage ich. »Es könnte dabei um den Keller oder Dachboden gehen, richtig?«

Die anderen nicken. Torsten sagt: »Wir brauchen auf jeden Fall Verstärkung. Ich werde noch zwei Jungen aus meinem Haus anrufen, die helfen uns bestimmt gerne.«

Der Keller, fällt mir ein, liegt direkt unter dem Elektrogeschäft *Schiller*. Vielleicht gibt es da ja eine Verbindung.

Während die anderen mit allen verfügbaren Telefonen versuchen, noch ein paar mehr aus unserer Klasse zu erreichen, mache ich mich auf die Suche nach dem Grundriss vom Keller, der sich bei Mama im Sekretär befindet. Unser Keller ist verschachtelt und riesengroß. Es gibt jede Menge kleiner Gänge.

Schnell sause ich ins Wohnzimmer, wühle mich in Mamas Sekretär durch sämtliche Schubladen, und dann finde ich den zusammengefalteten, alten Plan. Wahrscheinlich ist er einmal aus Versehen an unseren Wohnungsgrundriss geheftet worden. Papa hat ihn mir neulich erst gezeigt, weil er unseren Keller so »spannend« findet. Vor über 50 Jahren, im Krieg, diente er als Luftschutzraum.

Mit diesem Papier renne ich in mein Zimmer zurück.

»Mir ist da gerade eine Idee gekommen!«, rufe ich und warte, bis alle ihre Telefonate beendet haben. Jetzt klingelt es auch noch an der Tür. Das sind Robbi und Ulli, sie haben Ralfi, Olav und sogar Vanessa mitgebracht.

Ich warte, bis alle in meinem Zimmer sitzen. Die neu Angekommenen werden von Anuschka schnell auf den letzten Stand der Dinge gebracht.

Dann halte ich den Grundriss vom Keller hoch. »Mir ist eine Idee gekommen!«, rufe ich. »Das hier ist der Grundriss von unserem Keller. Unser Keller liegt – und das ist jetzt der Knüller – direkt unter dem Fernsehgeschäft *Schiller*!«

Stolz schaue ich die anderen an. Bei Torsten fällt der Groschen als Erstes. »Du meinst, die Halstuchbande könnte versuchen, von eurem Keller aus in den Laden einzusteigen?«

Ich nicke. »Genau das meine ich. Ich kann es nicht beweisen, ich weiß auch nicht, ob da eine Luke ist. Aber ich weiß, dass mein Vater mir erzählt hat, dass viele Geschäfte in alten Häusern hinter ihrer Verkaufstheke eine Luke im Boden hatten, um ohne große Umwege direkt in ihr Lager gelangen zu können.«

Anuschka sagt zögernd: »Ja, so könnte es sein. Sie treffen sich im Keller. Den Schlüssel dazu haben sie ja praktischerweise von Frank, der ihn von Lilli hat. Und dann werden sie von dort aus, ganz gemütlich, durch die Kellerdecke in das Elektrogeschäft einsteigen …«

Hanna beendet den Satz: »… und dann schnappen sie sich so viele Fernseher, Flachbildschirme und DVD-Player, wie sie tragen können.«

»Aber wir werden sie daran hindern!«, sage ich.

Wie ich mich auf Franks Gesicht nachher freue! Das hat er davon, einen auf unschuldig zu machen und mit Bazille im Park in aller Öffentlichkeit harmlos Ball zu spielen – und in Wirklichkeit eiskalt einen Einbruch zu planen. Ich frage mich nur, ob Frank so dreist sein wird, gemeinsam mit Bazille zum Keller zu gehen? Wahrscheinlich wird er erst später erscheinen.

Als hätte Torsten meine Gedanken gelesen, sagt er: »Und der Chef vom Ganzen – nämlich Frank – wird erst dann im Keller auftauchen, wenn alle gemopsten Geräte sich schon im Keller stapeln.«

Ich spüre, wie sich Gänsehaut über meine Arme ausbreitet und mir den Rücken hinunterkriecht. »Na, wir werden es ja erleben!«

Anuschka hält einen Stift in der Hand und klopft damit auf einen Collegeblock, den sie sich vom Schreibtisch genommen hat.

»Wie werden wir vorgehen?«, fragt sie in einem geschäftigen Ton, als wäre sie eine Sekretärin.

Ich habe da so eine Idee …

Nachdem wir das unterirdische Labyrinth studiert haben, wissen wir, was wir zu tun haben.

Wir können uns bloß nicht sofort einigen, was wir mit dem Wachposten auf dem Hof anstellen werden. Uns ist allen klar, dass Bazille dort wahrscheinlich jemanden postieren wird.

»Wir könnten uns von hinten anschleichen«, überlegt Anuschka.

»Und dann kleben wir ihm den Mund zu«, sage ich.

»Ja, mit Heftpflaster«, sagt Hanna und kichert.

»Das überlegen wir gleich noch«, sagt Torsten. »Jetzt müssen die anderen erst mal kommen. Hoffentlich tauchen auch Karli und Tim aus meinem Haus bald hier auf. Je mehr wir nachher sind, umso besser. Wir dürfen auf keinen Fall entdeckt werden, wenn wir sie auf frischer Tat ertappen wollen.«

Kapitel 19

in dem es ernst wird!

Es ist 19.30. Noch eine halbe Stunde, bis sich die Halstuchbande in unserem Keller treffen wird.

Die kleinen Fische haben diesmal zahlreiche Verstärkung bekommen, viel mehr als im Park. Fast die Hälfte unserer Klasse ist gekommen. Aber auch Karli und Tim, zwei vierzehnjährige Jungen aus Torstens Haus. Netterweise sind sie damit einverstanden, auf dem Hof Wache zu schieben.

Wir haben mächtig gewirbelt, um alles auf die Reihe zu bekommen. Eltern mussten davon überzeugt werden, dass ihre Kinder heute Abend bei mir ein »kleines Überraschungs-Klassenfest« feiern dürfen. Und Timmi musste auch überzeugt werden, nämlich davon, wie wichtig es für die Sache wäre, in der Wohnung die Stellung am Telefon zu halten. Wir wollen ihn nicht schon wieder in Gefahr bringen. Erst dann sind wir in den Keller gestürmt.

Der Keller ist so einladend wie eine finstere, schimmlige Grotte in der Nacht. Es riecht modrig, die Wände fühlen sich feucht an und über den Boden huschen Weberknechte, Asseln und kleine, schwarze Spinnen mit kurzen Beinen. Weiter weg, in den Gängen am anderen Ende raschelt es. »Hoffentlich sind es nur Mäuse«, sagt Vanessa und kichert nervös.

»Na ja, Ungeheuer wohl kaum«, antworte ich, dabei schlägt mein Herz bei jedem Geräusch so heftig, dass mir vor Anspannung schon ganz schlecht ist.

Wir haben dann hier unten wie die Wahnsinnigen geschuftet. Zum Glück stehen, seitdem wir in der Meranerstraße wohnen, im Keller jede Menge olle Möbel in den Gängen. Eine verschnörkelte Kommode haben wir so lange hin- und hergerückt, bis man sich wunderbar dahinter verbergen kann. Sicherheitshalber sind wir auch noch auf eine wackelige Holzleiter gestiegen und haben in zwei Gängen die Glühbirnen aus den Fassungen herausgeschraubt. Dabei haben wir am Ende des großen Gangs einen leeren Kellerraum und weiter vorne eine nicht abgeschlossene Kellertür entdeckt. Diese gehört zu dem Keller der Familie Simon aus dem vierten Stock. Und dieser Keller der Simons ist unser Glücksfall, denn er liegt quasi gegenüber von unserem Keller, bietet uns aber Schutz durch mehrere Regale, in denen Simons alte Zeitschriften und leere Marmeladengläser lagern.

Ich werfe einen letzten Blick in unser Kellerabteil, in dem nun eine riesengroße Standuhr steht, die wohl von Frank stammt. Dann beeile ich mich und schlüpfe im Gang hinter die verschnörkelte Kommode.

Wir haben uns alle gut verteilt. Anuschka sitzt hinter einem langen Spiegel, der an einer Wand lehnt. Die anderen haben sich im gesamten Keller versteckt. Manche in dem hinteren, leer stehenden Kellerraum, andere in dem offenen Keller bei Simons. Und auf dem Hof kauern Torsten, Karli und Tim in einem kleinen Holzhäuschen, das unser Hausmeister für Kinder gebaut und aufgestellt hat. Es ist gerade groß genug für die drei.

Torsten hat ein Handy dabei. Hanna und Anuschka ebenfalls. Diesmal haben wir alle Klingeltöne noch einmal kontrolliert – und auf stumm gestellt.

Jetzt kann die Halstuchbande kommen.

Es ist dunkel, aber unsere Augen haben sich an die Dunkelheit gewöhnt. Wir sehen, aber wir werden nicht gesehen.

»Im Dunkeln ist gut munkeln«, sagt Hanna. Wir lachen.

»Ruhe bitte«, sagt Anuschka mit verstellter Stimme, jetzt klingt sie wie unsere Musiklehrerin – die Eule.

Und es ist still. Jemand scharrt mit dem Fuß. Jemand zischt: »Pscht!«

Unterdrücktes Kichern.

Danach ist es wirklich so still, dass ich nur noch mein eigenes Atmen höre.

Sie kommen. Bazille, Fritz, Tom und die Rothaarige. Sie tragen schwarze Sportklamotten, Jogginghosen und Kapuzenshirts und haben Taschenlampen dabei.

Es wird ernst.

Offensichtlich haben sie Yvo mit ihrem verstauchten Knöchel nicht mitgenommen. Vielleicht muss sie ja auf dem Hof Schmiere stehen?

Wir haben mit Torsten vereinbart, ihm erst ein Zeichen per Handy zu geben, wenn die Bande mit gestohlenen Geräten in unserem Keller zugange ist.

Vorsichtig richte ich mich hinter meiner Kommode gerade nur so viel auf, dass ich die Halstuchbande gut im Blick behalten kann.

Zu meinem Erstaunen benutzen sie unseren

Kellerschlüssel nicht. Obwohl Lilli den Schlüssel eindeutig Frank gegeben haben muss, wie man an seiner Standuhr, die dort drinnen steht, sehen kann. Nein, sie brechen unser Schloss mit einem Bolzenschneider – oder so was Ähnlichem – auf!

Kaum dass sie in unserem Keller sind, leuchtet Bazille mit einer Taschenlampe die niedrige Decke ab. Dann geht er zur Wand und spaziert zehn Schritte, bis er in der Mitte des Raumes steht. Er sagt: »Hier ist es. Ich bin mir ganz sicher.« Er lacht. Siegessicher. Er spricht so laut, als wäre er auf einer Bühne. Ich bin mir sicher, dass wir ihn alle gut verstehen können.

»Der Schiller-Chef wird sich morgen wundern«, sagt Bazille. »Wie kann man aber auch so leichtsinnig sein und eine Luke im Boden nicht richtig verschließen!«

Ich sehe, wie die Rothaarige auf Bazilles ineinandergefaltete Hände steigt. Räuberleiter. Sie richtet sich auf, fährt mit ihren Händen über die Decke und findet die Luke. Sie stößt kräftig dagegen. Wird sie es schaffen?

Bazille gibt Anweisungen: »Jetzt mach schon, ich kann dich hier nicht ewig halten.«

Ich höre sie gegen Holz schlagen. Sie flucht. Dann ist da ein scharrendes Geräusch. »Na endlich!«, ruft Bazille. »Jetzt nichts wie rein in die Bude, hopp, hopp.«

Über Bazilles Räuberleiter klettern die Rothaarige und Fritz hoch in das Geschäft. Verschwinden in dem Viereck in der Decke.

Ich warte. Jede Sekunde kommt mir wie eine Minute vor.

Jetzt steigt Bazille auf Tom. Und Bazille angelt nach den Geräten, die ihm durch die Luke gereicht werden. Ein Fernseher nach dem anderen wandert in unseren Keller.

Anuschka nimmt ihr Handy und simst an Torsten. Wir können nicht länger warten, sind uns aber sicher, dass Frank jede Sekunde hier auftauchen wird.

Anuschkas SMS ist für Torsten das Zeichen, die Polizei zu rufen. Schließlich kann es sein, dass Frank bewaffnet ist. Danach werden Karli, Tim und er versuchen, den Wachposten auf dem Hof zu überwältigen.

Ich stelle mir vor, wie Torsten und die Jungen in dem kleinen Holzhäuschen hocken und auf Yvo warten. Sich dann langsam wie Indianer heranschleichen und ihr tatsächlich ein riesengroßes Heftpflaster mitten auf den Mund kleben. Diesmal werden wohl ihre kleinen, listigen Augen verschreckt schauen. Hoffentlich zerren sie sie dann nicht allzu sanft in das Holzhäuschen und fesseln sie so fest wie möglich an einen Pfosten. Danach werden sie sich vor die Tür setzen und warten. Ich wünsche Yvo, dass sie genauso leidet wie Hanna und Timmi in der Gartenkolonie.

Im Keller hören wir Schritte. Ich ducke mich wieder. Kann es kaum erwarten. Endlich wird sich der Mann, der hinter dem Ganzen heute Abend steckt, blicken lassen. Der Mann, der der Auftraggeber der Halstuchbande ist. Wird ja auch Zeit, dass der noch kommt!

Ich richte mich wieder auf, möchte Franks Überraschung nicht verpassen, wenn er mitbekommt, dass er diesmal der Dumme ist. Dass er hereingelegt worden ist.

Er trägt ein dunkles Sweatshirt und eine Art Trainingshose. Wahrscheinlich sind das genau die Klamotten, die er vorhin auch im Park anhatte.

Mein Herz schlägt heftiger als sonst und mir ist ein bisschen schlecht. Hoffentlich ist auf dem Hof bei Torsten auch alles gut gegangen?

Der Mann dreht sich um. Aber was ist das? Das ist nicht Frank! Der Mann, der vor unserem Keller steht, ist … Georg!

Fritz' Stimme schrillt durch den Keller: »Draußen stimmt was nicht, lasst uns besser abhauen!«

»Was ist denn los?« Ja, es ist unverkennbar Georgs Stimme. Als bräuchte ich noch Beweise. Er steht doch gut sichtbar für alle hier im Gang.

Das kann doch nicht wahr sein! Georg! Ich weiß gar nicht, was ich denken soll.

Georg bleibt ganz cool. »Keine Panik, Kinder. Der Hänger ist auf dem Hof. Schnell, lasst uns den restlichen Kram hochtragen. Keine Zeit verlieren! Und dann nichts wie weg.«

Jetzt kommt Bewegung in die Truppe.

Bazille, Fritz und Georg wuseln mit einigen Flachbildschirmen die Kellertreppe hoch auf den Hof. Dort hat Georg ja anscheinend seinen Anhänger geparkt.

Auf einmal ruft die Rothaarige von oben aus dem Laden: »Scheiße! Die Bullen!« Sie springt durch die Luke, knickt aber bei der Landung auf dem Betonboden um und heult vor Schmerz laut auf. Tom, der sie eigentlich auffangen soll, ist einfach weggelaufen.

Und nun kommt auch in uns Bewegung. Wir stürmen auf unser Kellerabteil zu und umzingeln die verdutzte Rothaarige, die uns missmutig anblickt und sagt: »Ich kann sowieso nicht weg, hab mir den Fuß verknackst.«

»Sicher ist sicher«, murmelt Hanna grimmig und rückt keinen Zentimeter zur Seite.

Wenig später poltern zwei Polizeibeamte die Treppe hinunter und gucken mindestens so erstaunt wie die Rothaarige, als sie uns alle im Keller herumstehen sehen.

Kapitel 20

in dem endlich viele Missverständnisse aufgeklärt werden

Bis auf den Hof leuchtet das Blaulicht. Durch die Toreinfahrt fällt das Licht des Einsatzwagens. Es bestrahlt auch den schönen Georg und die silbernen Handschellen, die sich an seinen Handgelenken befinden. Besser hätte das auch im Kino nicht ausgesehen.

Yvo verlässt am Arm einer Polizistin die Holzhütte und wird von ihrem Heftpflaster auf dem Mund befreit und dann ebenfalls abgeführt, obwohl sie sich schimpfend dagegen wehrt. Alles wäre nur ein Missverständnis, sie habe hier nur ihren Hund gesucht und mit gestohlenen Fernsehern nichts zu tun.

Zwei Mannschaftswagen stehen in der Einfahrt vor unserem Haus. Wo ist Torsten?

Ich entdecke ihn, im Gespräch mit einem pummeligen Polizisten – und laufe zu ihm.

»Charlie, alles okay?«, begrüßt mich Torsten.

Ich nicke. »Bei dir auch?«

»Ja, alles bestens. Stell dir vor, sie haben Bazille und Fritz verhaftet. Tom ist abgehauen.«

Für einen Moment sehe ich Bazille in Handschellen. Ist Bazille denn überhaupt schon alt genug, um verhaftet zu werden? Wenn nicht, wo kommen eigentlich solche wie er hin?

Genau in dem Moment kommen meine Eltern nach Hause. Sie laufen durch die Hofeinfahrt und sehen sich erschrocken um.

»Charlie, um Himmels willen! Was machst du denn hier?«, ruft Mama entsetzt. »Und was ist hier eigentlich los? Die ganze Straße wimmelt vor Polizisten!«

Papa umarmt mich. »Charlie, Gott sei Dank. Wir sind um die Ecke gebogen, haben das ganze Blaulicht gesehen und einen immensen Schreck bekommen. Ist alles in Ordnung?«

Da fällt Papas Blick auf Georg, der mit seinen Handschellen gerade zu einem Streifenwagen geführt wird. Papa ruft: »Ist das nicht der Mann aus dem *Roma*? Was ist hier eigentlich los? Charlie, ich glaube, du schuldest uns eine Erklärung!«

»Später«, sage ich leise.

Georg schaut uns alle finster an und verlangt seinen Anwalt zu sprechen. »Nur die Ruhe«, sagt der eine Polizist und packt Georg kräftig am Arm. »Alles schön der Reihe nach.« Er schubst ihn auf die Rückbank des Einsatzwagens.

Als Mama und Papa begreifen, dass bei mir wirklich alles in Ordnung ist, fangen sie an, sich aufzuregen. Sie wollen dringend mit mir und den anderen *kleinen Fischen* sprechen.

Also marschieren wir alle in unsere Wohnung. Nur Karli und Tim aus Torstens Haus verdrücken sich. Es sind aber immer noch genug Kinder, die da durch unser Treppenhaus poltern.

Wir versuchen alle irgendwo in unserem Wohnzimmer, auf dem Sofa oder dem Fußboden, Platz zu finden, während Papa kurz die anderen Eltern anruft, damit sie sich nicht sorgen müssen. Er verspricht, die Kinder in zwei Touren später mit dem Taxi nach Hause fahren zu lassen. Wir haben ja kein Auto mehr.

Es gibt viel zu klären. Aber bevor wir alle loslegen können, müssen wir uns einiges anhören. Was wir uns dabei gedacht hätten, sie anzulügen, schimpft Papa. Mama schnaubt wütend: »Das hätte auch nach hinten losgehen können!« Papa legten noch nach: »Charlie, wir dachten immer, dass wir dir vertrauen könnten! Und dann zettelst du hinter unserem Rücken eine Riesensache an und ziehst auch noch andere mit hinein. Ich bin sehr enttäuscht von dir!«

Torsten platzt heraus: »Aber eigentlich können Sie stolz sein ...«

Endlich hören Mama und Papa uns zu.

Und ich beginne zu erzählen, wie alles mit Bazille und seiner Halstuchbande angefangen hat.

Mama schüttelt entgeistert den Kopf, während Papa mich ansieht und sich auf die Lippen beißt.

Dann nimmt Torsten den Faden auf: »Urplötzlich haben sie aufgehört, uns Geld abzuknöpfen. Sie haben sich in der *Glücksklee*-Kolonie, genauer in der Gartenlaube von Bazilles Onkel im Eulensteig, heimlich versammelt, um Pillen und vielleicht auch andere Drogen zu verkaufen.«

Anuschka sagt: »Richtig, und deshalb haben sie sich auch nicht mehr für unser Geld interessiert. Wahrscheinlich haben sie den Stoff von Georg bekommen, der ist ja schließlich Arzt.«

»Ja, und dann dachten wir, dass Frank höchstwahrscheinlich gestohlenen Schmuck gekauft hat«, sage ich. »Auch wenn dieser nicht aus der Millionärsvilla stammen konnte, war sein Verhalten sehr verdächtig. Er hat ihn vor Zeugen – Anuschka und mir – immerhin als ›heiße Ware‹

bezeichnet. Außerdem hat er mit Bazille ein geheimes Abkommen, in dem es eindeutig um kriminelle Geschäfte geht.«

»Moment mal?« Papa blickt uns verwirrt an. »Ihr sprecht von Lillis Frank?«

Wir nicken. Ich bin erleichtert. Endlich können wir auch über Bazille und die Halstuchbande reden. Im Nachhinein verstehe ich gar nicht mehr, warum ich es nicht schon viel eher getan habe.

Papa greift wieder zum Telefon, versucht Frank und Lilli zu erreichen. Er hat Glück. Das Theater ist schon aus. Die beiden sind ganz bei uns in der Nähe, weil sie sich nach dem Theater mit meinen Eltern noch auf ein Glas Wein treffen wollten. Knapp fünf Minuten später läutet es schon an der Tür.

Hand in Hand betreten Frank und Lilli nun das Wohnzimmer. Lilli ist so überrascht, all die Kinder hier zu sehen, dass sie auf ihre üblichen Begrüßungsküsschen verzichtet.

Papa informiert die beiden in wenigen Worten über das Nötigste.

Lilli schaut mich vorwurfsvoll an.

Torsten will sofort wissen, was denn Frank nun eigentlich mit Bazille zu tun hat. Das haben wir bis jetzt noch nicht geklärt. Es ist sowieso noch nicht geklärt, ob Frank und Georg nicht eventuell gemeinsame Sache machen!

Frank grinst: »Das habt ihr doch mitbekommen. Wir haben zusammen Basketball gespielt. Es war immer mein Traum, eine Mannschaft zu trainieren. Und die Jungen im Park schienen mir genau die richtigen dafür zu sein. Für mich sind das nette Jungs, die es eben nicht so leicht haben im Leben. Ich wollte ihnen helfen und hatte Spaß dabei. Dass die euch so getriezt haben, konnte ich doch nicht ahnen.«

Ich bin immer noch nicht von Franks Unschuld überzeugt und bohre nach. »Und was ist mit dem Gespräch zwischen Bazille und dir ... Da hast du ihm doch geraten, immer weiterzumachen. Du hast zu ihm gesagt, er solle eine Bedrohung sein ... Und im Park habe ich euch einmal beobachtet. Ihr hattet einen Riesenstreit.«

»Ja, natürlich«, sagt Frank. »Gestritten haben wir uns, weil er immer wieder zu spät zum Training gekommen ist. Ich hab ihm gesagt, Junge, wenn du mal ein Basketballstar werden möchtest, brauchst du mehr Disziplin. Und eine Bedrohung sollte er für die gegnerische Mannschaft sein. Er sollte so viele Körbe werfen wie nur irgendwie möglich. Der Junge ist nämlich ziemlich begabt.«

In Gedanken spule ich das Gespräch zwischen Bazille und Frank noch einmal ab. Na ja, es könnte schon sein, dass er recht hat, dass er wirklich nur über Basketball gesprochen hat ...

Anuschka holte den nächsten Trumpf aus der Tasche. »Und was ist mit dem kleinen Dicken und dem gestohlenen Schmuck? Wir haben doch genau gesehen, wie die Jalousie runterging. Niemand sollte das heimliche, schmutzige Geschäft mitbekommen. Und dann haben Sie auch von heißer Ware gesprochen! Und wenn Sie nicht zusammen mit diesem dicken Zwielichten im Auto so flott in dem Tunnel verschwunden wären, wäre es Ihnen auch nie gelungen, uns abzuhängen!«

»Kinder, du liebe Güte!« Lilli ringt offensichtlich um ihre Fassung. »Verstehe ich das richtig, ihr habt Frank verdächtigt und beschattet?«

Anuschka, Hanna, Torsten und ich nicken – irgendwie stolz.

Frank guckt uns der Reihe nach an. Auch Mama und Papa blicken uns an, und dann beginnt Frank zu lachen. Er kann sich gar nicht beruhigen. Er lacht und lacht, bis ihm die Tränen kommen, und zwischendurch schlägt er sich auf die Schenkel und lacht immer weiter, obwohl er schon nach Luft schnappt.

»Ihr habt mich also wirklich für einen großen Gauner gehalten? Für einen Juwelendieb? Einen Schmuggler? Einen, der kleine Kinder für sich arbeiten lässt?«

Wir nicken beklommen. Irgendwie halte ich ihn immer noch dafür, zumindest ein bisschen. Es hat doch alles gut zusammengepasst. Wahrscheinlich bin ich so rot im Gesicht wie Hanna.

Frank kichert noch ein bisschen, bevor er das Wort ergreift. »Mensch, ich bin doch bloß ein Händler, einer, der mit alten, manchmal auch kostbaren Möbeln und antikem Schmuck handelt. Ich nehme doch niemandem etwas weg. Der sogenannte Dicke, dieser Zwielichte, wie er bei euch heißt, der ist auch bloß ein ganz normaler Händler. Er heißt Jakob und ich kenne ihn schon lange. Ja, er ist dick. Er hat eine Schwäche fürs Essen, nicht für gestohlene Juwelen. Und dass ich die Jalousie heruntergelassen habe, ist ja wohl nichts Besonderes, wenn man solche Schätze angeboten bekommt. Übrigens stammt dieser Schmuck ganz legal aus einem Adelshaus in England. ›Heiße Ware‹ habe ich einfach aus Spaß zu Jakob gesagt, weil der Schmuck so traumhaft schön ist. So etwas bekommt man nicht alle Tage in den Laden.«

Okay, das könnte alles so gelaufen sein. Aber dann fällt mir das Telefonat ein, das Frank heimlich bei Lilli im Bad geführt hat. Obwohl ich Lillis strafenden Blick spüre, frage ich nach.

Frank kratzt sich am Kinn. »Es ist offensichtlich schwer, in dieser Familie ein Geheimnis zu haben.«

»Was für ein Geheimnis?«, frage ich.

»Charlie, findest du nicht, dass es reicht?«, stöhnt Lilli.

Frank lächelt. »Lass mal, ist schon in Ordnung. Es sollte eigentlich eine Überraschung sein. Ich wollte Lilli zu ihrem Geburtstag mit einer Wochenendreise nach Paris überraschen. Ein Freund von mir hat ein Reisebüro. Er hat in einem ganz bestimmten Hotel für uns ein Zimmer besorgt. Er hat mich an diesem Tag angerufen, um mir zu sagen, dass mit der Reservierung alles geklappt hat. Wenn ihr wollt, könnt ihr ihn auch anrufen. Sein Büro ist in der Uhlandstraße in Charlottenburg.«

Oje, jetzt schäme ich mich wirklich. »Tut mir leid«, sage ich leise. »Aber es sah einfach alles so verdächtig aus.«

Lilli strahlt ihren Frank und ruft: »Paris! Oh, Frank!«

Nur Torsten lässt nicht locker. »Ja, aber was ist mit Ihrem Freund Georg?«

Frank erklärt, dass er Georg von früher kennt, dass sie sich aber jahrelang nicht gesehen haben.

»Ich glaube, das können wir bald in der Zeitung nachlesen«, sagt Papa.

Und wirklich, am übernächsten Tag ist der gute Georg samt Foto in einer großen Boulevard-Zeitung zu bewundern. »Falscher Arzt lässt Kinderbande für sich arbeiten!« Eine andere Berliner Zeitung textet: »Kinder stellen Kinder und entlarven falschen Arzt!«

Es ist Dienstagnachmittag. Fast unsere ganze Klasse hat sich im Schwimmbad getroffen. Das gute Wetter ist geblieben. Wir gehen baden. Endlich. Springen ins kühlende Nass und lesen immer wieder die Artikel über Georg, den schönen Schwindler, der nach seinem abgebrochenen Medizinstudium ins sogenannte *Milieu* abrutschte.

Frank kennt Georg noch aus dem Gymnasium. Nach dem Abitur haben sich die beiden aus den Augen verloren. Frank hat sich zunächst wirklich gefreut, als er Georg in Lillis Haus unerwartet wiedergetroffen hat. Dass Georg sein Medizinstudium längst an den Nagel gehängt hat, wusste er aber nicht. Diese Tatsache an sich macht ja auch aus niemandem einen Verbrecher.

Aber Georg hatte schon längst ziemliche Probleme, hat jeden Abend in der Spielbank sein Glück versucht und wohl einen Haufen Spielschulden. Bazille ist ihm dann genau zum richtigen Zeitpunkt über den Weg gelaufen. Georg hat Bazille bei seinen Wegegeld-Erpressungen beobachtet und ihn schließlich gezwungen, für ihn zu arbeiten. Als falscher Arzt ist er an Pillen und diverse Medikamente ohne Probleme herangekommen.

Aus einem weiteren Artikel in der Zeitung geht hervor, dass Georg ganz gerissen seine ärztliche Zulassung gefälscht hat. Mit dieser Zulassung hatte er dann Arbeit als Arzt auf der spanischen Ferieninsel Menorca. Dort hat er wohl in erster Linie Sonnenbrände und verdorbene Mägen kuriert. Man muss ihm wohl zugute halten, sagt Lilli, dass niemand durch ihn zu Schaden gekommen ist. Als es ihm auf Menorca zu eintönig wurde, ist er nach Berlin zurückgekehrt – mit echten Papieren aus Spanien. In Berlin hat er bei Lilli im Haus seine Praxis eröffnet und fast jeden Abend in der Spielbank am Roulettetisch herumgehangen. So lange, bis er eben schließlich extrem viele Schulden hatte. Bazille und die anderen aus der Halstuchbande waren wohl so etwas wie die letzte Rettung für ihn.

Ich frage mich was aus ihnen wird? Aus Bazille, Fritz, Tom, Yvo und der Rothaarigen.

Frau Kraft meint, dass Bazille die Schule wechseln wird und höchstwahrscheinlich in ein Heim für schwer erziehbare Kinder kommt.

Immerhin wird ihm Nötigung, Freiheitsberaubung und Einbruch vorgeworfen. Er wird Sozialdienst leisten müssen, aber dafür bleibt ihm das Jugendgefängnis erspart.

Eventuell wird auch sein kleiner Bruder in ein Heim oder in eine Pflegefamilie kommen. Bazilles Vater soll Alkoholiker und gar nicht mehr in der Lage sein, sich um die Kinder zu kümmern, seitdem die Mutter vor einigen Monaten die Familie verlassen hat. Frau Kraft meinte noch, sie wolle damit aber nicht Bazilles Verhalten entschuldigen, sondern nur versuchen, es zu erklären.

Die anderen aus der Halstuchbande bekommen einen Eintrag in ihre Personalakte und müssen an den Wochenenden mehrere Stunden Sozialdienst leisten. Es steht noch nicht fest, ob sie auf ihrer Schule bleiben dürfen. Sie müssen sich in der nächsten Zeit erst einmal bewähren. Da sie unter vierzehn Jahre alt sind, fallen sie noch nicht unter das Jugendstrafgesetz. Ihre Eltern werden allerdings mit einer Anklage wegen Vernachlässigung der Aufsichtspflicht rechnen müssen.

Das letzte Kapitel

das ein paar Monate später spielt
und in dem einfach nur gefeiert wird

Am Wochenende weihen Mama und Papa ihren neuen Laden ein. Während ich auf Verbrecherjagd war, hatten die beiden die Stadt durchkämmt auf der Suche nach geeigneten Räumen für Kindermode, Kuchen und Suppe! Es ist Mamas Idee gewesen, Kinderklamotten, Gebackenes und Suppe zu kombinieren.

Papa hat sich ein letztes Mal als Makler betätigt, indem er sich – und Mama – schließlich diese tollen Räume ganz bei uns in der Nähe besorgt hat. Danach hat auch Papa seinen Job gekündigt.

Mama und Papa haben eine kleine, feine dänisch-französische Kindermodenfirma aufgetan, die schicke Kinderkleidung zu halbwegs erschwinglichen Preisen anbietet. Und sie haben im hinteren Raum einen großen Herd einbauen lassen. Auf dem wird die Suppe gekocht und im Ofen werden die kleinen Kuchen – eher Törtchen – gebacken, und zwar eigenhändig von Papa. Das ist nämlich sein großer Traum, sagt er, in einem eigenen Laden zu kochen und zu backen.

Rechts, im vorderen Teil des Ladenraums, steht eine superschicke, silbern glänzende Verkaufstheke aus Aluminium aus den Zwanzigerjahren. Die haben sie bei Frank gekauft, zum Sonderpreis versteht sich. Im linken Bereich gibt es die Kleider – ganz ohne Rüschen –, Hosen und T-Shirts. Der Laden heißt übrigens *Charlie & Co.*

Hoffentlich wird er ein Erfolg, aber Mama sagt, wenn jeden dritten Tag nur halb so viele Leute kommen wie am Eröffnungstag, dann könnte es was werden.

Ach ja, Frank und ich haben auch so eine Art Waffenstillstand geschlossen. Er will mir Basketballspielen beibringen. Er behauptet, ich hätte Talent. Mal sehen. Vielleicht ist er ja wirklich gar nicht so übel. Auf jeden Fall hat er mir meine Verdächtigungen nicht übel genommen. Und Lilli ist immer noch sehr glücklich.

Wenn alles gut geht, dann streuen Hanna, Anuschka und ich nächstes Jahr im Frühling auf der Hochzeit Blumen.

Auf welcher Hochzeit?

Na, auf der von Lilli und Frank …